부끄럼쟁이 짱아

부끄럼쟁이 짱아

발행일 2016년 10월 10일

지은이 진 정 아 | 그린이 오 서 빈
펴낸이 손 형 국
펴낸곳 (주)북랩
편집인 선일영 편집 이종무, 권유선, 김송이, 안은찬
디자인 이현수, 김민하, 이정아, 한수희 제작 박기성, 황동현, 구성우, 양수연
마케팅 김회란, 박진관
출판등록 2004. 12. 1(제2012-000051호)
주소 서울시 금천구 가산디지털 1로 168, 우림라이온스밸리 B동 B113, 114호
홈페이지 www.book.co.kr
전화번호 (02)2026-5777 팩스 (02)2026-5747

ISBN 979-11-5987-227-3 03810(종이책) 979-11-5987-228-0 05810(전자책)

부끄럼쟁이 짱아

북랩book Lab

For everyone

부끄러움은 벗어나야 할 것이 아닌 참마음이다.

| 차 례 |

제2장 부지깽이 짱아

제3장 쑥부쟁이 짱아

| 등 장 인 물 |

아버지

엄마

첫째언니 : 해

둘째언니 : 별

셋째언니: 달

첫째오빠: 길

별명은 홍길동

둘째오빠: 지

돼지띠여서 별명이 돼지임

막내: 짱아

기분 좋으면 '낭낭낭' 소리를 냄

동물가족

강아지 메리, 소 2, 거위 3, 염소 1, 돼지 1, 닭 10,
오리 4, 토끼 2마리

짱아친구

동미, 명주

그 외

선생님, 반 친구들, 동네 사람들

짱아의 태어남

1962년 9월 팔삭둥이로 태어난 아기는
며칠째 울지도 먹지도 않는다.
그저 새근새근 잠만 잔다.

드디어 어느 날 아기가
눈을 뜨고 울기 시작한다.

아기의 반짝이는 눈망울을 보고
아버지는 "아기는 죽지 않는다."라 했고
조산인 까닭에 어머니에게 젖이 돌지 않자
식구들은 아기에게 미음을 쒀 먹인다.

어른 팔뚝보다 작은 아기는
미음을 먹고 점차 기력을 찾아간다.

몸 약한 어머니는 아기 갖은 동안
아기를 위해 당신 목숨을 걸었다.
임산부인 어머니의 생명이 위험하니
아기를 지워야 한다는 의사의 권유에

어머니·아버지·외할아버지는 병원 측에
“책임을 묻지 않겠다.”란 각서를 써주고
아기가 태어나서 제힘으로 살 수 있는
8개월이라는 임신 기간을 버티었다.

아버지는 아내를 무사히 견디게 하고
자신도 살아난 아기짱아가 고마워
‘막둥이’라 부르며 귀여워한다.

제 1 장

부끄럼쟁이 짱아

이사

바퀴살이 시원스런
넉넉한 소달구지에
남은 살림 마저 싣고

짱아네가 이사 간다.
고향 산마을에서
읍내 들 마을로

달구지 짐들 사이
빠끔 앉은 아기짱아
흔들흔들 깜박깜박

아름드리 동구에서
이사 모르는 거위가
달구지를 탈출한다.

달구지 따라 걷던
언니들이 쫓아가
얼씨구절씨구! 잡았다.

헐떡대는 거위가 겁나
쏙 움츠린 아기짱아
소 끄는 아버지만 본다.

어디 갔을까나?

꼬맹이가 없어졌다.
앞집·옆집·동네
보릿단 속에도 없다.

날은 저물었는데
어디 갔을까나?

우물 속 뒷간 속
어디에도 없다.

그 작은 몸
어디 갔을까나?

식구들 애가 타는데
장롱문이 열린다.

"엄마 나 여기 있어."

부끄럼쟁이

한밤중 뒷간이 무서운
짱아가 마당가에
오줌을 눈다.

달님이 보고 있을까?
손가락 사이로
올려다본다. 사알짝

아버지가 듣고 계실까?
오줌 누는 소릴
줄여 본다. 사알짝

아침까지 남을 흔적
오줌지도가 번져가
짱아는 움찔 부끄럽다.

하필 그곳에

아랫방 학생들이
꼬맹이 짱아를
비행기 태운다.

누워서 두 다리에
짱알 올려놓고
위이잉 위잉

어어, 다리 사이로
짱아가 떨어진다.
하필 그곳에

발갛게 일어나
어둔 책상 밑으로
숨어드는 짱아

엄마가 암만 불러도
종일토록 안 나온다.
"왜 그러지?"

학생들이 킥킥댄다.

뽀뽀

탱자나무 언덕에서
흙 방아 찧던
꼬맹이 짱아가
훌쩍대며 들어온다.

오른뺨을 문질러
옷에 닦고 또 닦고
눈물 그렁그렁

엄마가 물어도
대답을 안 한다.

사실 짱아는 아까
볼에 뽀뽀 당했다.

어떤 넝마주이한테
"귀엽다!"고

넝마주이: 넝마나 헌 종이, 빈 병 따위를 주워 모으는 사람. 또는 그런 일.

급식 빵

마루에 걸터앉아
학교 간 오빠를
낭낭 기다리는 짱아

발 대롱대롱
대문만 바라본다.

메리 귀가 쫑긋
뽕 나타난 길오빠

오빠가 꺼낸 벤또 속
노란 옥수수빵 반쪽
오빠가 아껴 온 빵

얼마나 맛난지는
더 달라 끼깅대는
메리 눈만 봐도 안다.

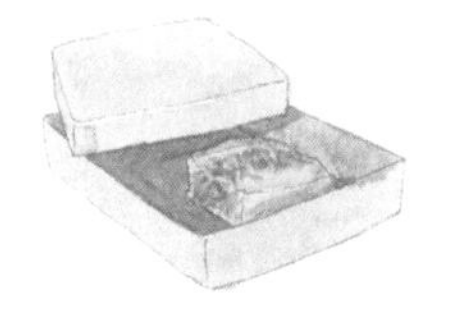

벤또: 도시락. 밥을 담기 위해 알루미늄 등으로 상자처럼 만들어 쓰는 그릇.

오빠들 장난

두 오빠가
밥 먹는 짱아더러
코 풀고 오란다.

마당에 코 흥흥 풀고
기둥에 손 쓰윽 닦고
당당 들어오는 짱아

오빠들이 킥킥댄다.
‘뭐지?’

밥 먹던 짱아가
두 다리 뻗고
동동댄다.

짱아 밥 속에
헉헉 매운 총각무가
낄낄 숨겨져 있다.

밥값

소는
달구지를 끌고
논밭일 한다.

메리는
식구를 반기고
집을 지킨다.

닭은
새벽을 알리고
알 낳는다.

짱아는?
그냥 웃고
돌아다닌다.

점방 가기

코딱지 짱아가
신작로가 점방에
꽈배기 사러 간다.

뿌연 유리문을 열고
조심스럽게 외친다.
"예~"

인기척이 없다.
다시 소리 좀 높여
"예~"

모르는 아짐이 나온다.
짱아는 개미 소리로
"꽈배기 주세요."

짱아는 어른이 어렵다.

점방: 가게로 쓰는 방.
아짐: '아주머니'의 방언(전라).

전쟁 흔적

길갓집 진재네
다락방 유리창은
전쟁 때 깨졌단다.

창문 벽에 파인
다다다 총알 자국
짱아 맘이 덜컹

흙장난 중인 짱아를
진재가 탕탕 다가와
주먹으로 괜히 때린다.

코피 닦으며 엉엉
집에 가는 짱아
'진재는 총알이야.'

사진 찍는 날

짱아네 육 남매가
읍내 사진관으로
사진 찍으러 간다.

신작로 찬바람이
목덜미를 파고들어
업힌 짱아는 춥다.

오돌돌 얼은 짱아를
엄마 같은 언니들이
어루만져 녹인다.

하나, 둘, 셋!
검은 사진기에서
뭉게구름이 솟고

덜 녹은 짱아는
다시 업혀
오돌오돌 집에 간다.

희어진 눈썹

설날 전날 밤에
잠을 자면
눈썹이 희어진단다.

잠을 쫓던 짱아가
깜빡 잠들었다가
눈썹이 희어졌다.

“헉, 어떡해?”
조상님께 빌어보란다.
대청 차례상에
큰절 올리는 짱아

절을 하면 할수록
검어져 가는 눈썹
신기할 뿐이다.

절을 하면 할수록
크게 웃는 언니들
짱아가 눈치챘다.

언니들이 칠해 놓은
하얀 밀가루였다.
“으잉!”

막내는

암탉을 잡았다.

보나 마나 막내 국엔
간과 알이 들어있다.
닭다리 한 다리도

빠져있으면
아버지께서 주신다.

아무도 탐내지 않는다.
막내는 약하니까

밥상에 조기가 올랐다.

아버지 드시라고
개미도 얼씬 안 하는데
눈알 파먹는 막내

조기 반 토막을
아버지께서 주신다.

아무도 뭐라지 않는다.
막내는 어리니까.

산길

고향 밭에 가는 길
산길을 돌고 돌아
아득히 먼 곳

엄마·언니·짱아가
가을꽃 흐드러진
산길에 접어든다.

토도독 토도독
아침 햇살이
꽃잎 깨우는 소리

엄마와 언니가
손가마를 엮어
히히 짱알 태운다.

손가마가 무너지면
엄마가 슝 달리고
언니가 슝 달리고

꼴찌 짱아가
산길에 외쳐댄다.
"같이 가!"

손가마: 두 사람이 서로 두 손을 맞걸어 잡아 만든 가마. 또는 그렇게 해서 하는 놀이.

할 일 없는 짱아

담쟁이 돌담
유탕 밭에 가면

할 일 없는 짱아는
풀 뽑고 씨앗 심는
엄마 곁을 맴돈다.

밭둑 긴 돌 위에
사금파리
풀꽃상을 차려
개미네 주고

그래도 심심하면
담쟁이 잎자루를
눈꺼풀에 튕겨 꽂고

엄마께 살금살금
"어흥!"
무서운 짐승이 된다.

유탕: 짱아네 고향인 산마을의 지명.

놀림

짱아는 팔삭둥이
미숙아로 태어났다.

방구다리 할머님은
주먹을 내보이며
“요만했는데.”
뵐 적마다 놀리신다.

짱아는 팔삭둥이라
뱃속이 약하다.

고향 우완아재는
업힌 아기짱아가
“설사했는데.”
뵐 적마다 놀리신다.

엄마 뒤에 숨어도
웃는 눈들이 쫓아와
짱아는 늘 부끄럽다.

팔삭둥이: 임신한 지 여덟 달 만에 태어난 아이.

언니 손

짱아가 언니랑
솜이불 덮고
나란히 누웠는데

언니 손이 갑자기
짱아 팬티 속으로
쑥 들어온다.

난감한 짱아
'왜 그래?'
톡 쏘지 못하고

더운 언니 손이
어서 나가주길
숨 안 쉬고 기다린다.

언니는 시방
아기짱아가 그리워
'쉬 쌌나?'
확인하고 있는지도

언니의 데이트

별이 가득 뜬 밤
언니가 짱아를 업고
살그미 데이트 간다.

아버지도 오빠도
짱아가 따라가니
모른 척한다.

달뜬 언니는 짱아를
철봉 밑에 두고
어둔 구령대로 간다.

너른 시간 속 짱아
낮은 철봉에 매달려
거꾸로 느리게 논다.

하-나-아 두-우-울

구름 지나 달님이
쉼 없이 제 길 간다.

손에 밴 쇳내를
일없이 옷에 닦고
땅에 집 그리는 짱아

졸리는데 자고픈데
저편 어둠 속
별언니가 안 온다.

용돈 받기

짱아가 사라졌다.
삼촌 배웅도 안 하고

삼촌은 벌써 안다.
용돈 받기 쑥스러운
짱아가 숨었다.

삼촌이 찾아낸다.
뒤뜰 어둔 부엌에
꽁꽁 숨은 짱아를

삼촌의 환한 웃음에
붉어진 짱아
삼촌은 기필코
용돈을 쥐여 준다.

막내짱아는
누구를 배웅할 때면
실바람이 되고프다.

서울 아파트

짱아에게 떠밀린
사촌이 징징대다
고모께 혼난다.

머쓱해진 짱아가
아파트를 나선다.

총총 층계를 내려가
서울 애들을 본다.

방망이에 쫓겨
달리는 흰 치마

그보다 다급해진
새파란 짱아가
층계를 오른다.

삼촌 댁이 어디지?
똑같은 현관문들

아무 벨 아무 문이나
누르고 여는 울상짱아
떽! 야단치는 주민들

한층 더 올라본다.
복도 끝에서 들려오는
화난 고모 목소리

울보 사촌오빠는
여태 야단맞고 있다.
야단맞아도 싸다.

양철지붕 예배당

크리스마스 전날 밤
양철지붕 예배당엔
사람들로 가득하다.

아이들이 준비한
성극과 춤을 보러
너나없이 다 왔다.

올해 마리아 역시
그 모습이 우아하고
유다는 도깨비 같다.

빨간 발레복 짱아가
꽃바구니 들고 나와
도라지 춤을 춘다.

'에헤요 에헤요'
대목에선 깡충대니
모두 지화자! 좋다.

성극과 도라지 춤이
어우러져 모두 기쁜
양철지붕 예배당

벌 받는 오빠들

쌈질한 오빠들이
마루에서 벌선다.

꿇은 무릎 사이에
홍두깨 하나씩 넣고
두 손을 들었다.

마루가 삐걱삐걱
팔들이 흔들흔들
붉으락푸르락

메리는 곁눈질로
불똥 밖 소들은
맘 놓고 구경한다.

마당가 아버지께서
코 벌렁 웃으시니
짱아도 쿡쿡 웃는다.

붉으락푸르락: 매우 화가 나거나 흥분하여 얼굴빛 따위가 몹시 붉게 변하는 모양을 나타내는 말.

오줌발

나란히 선 오빠들이
두엄더미를 향해
오줌을 갈긴다.

누구 오줌발이
더 멀리 가나
시합 중이다.

시원한 두 곡선이
두엄더미를 넘는다.

부러운 짱아는
혼자 연습한다.

서서는 어림없어
마루 끝에 간당 나앉아
빡세게 오줌을 눈다.

아쉬운 곡선이
꽃밭에 떨어진다.

문어오림

아버지 따라 짱아가
선산인 삐렁산으로
시제 지내러 간다.

짱아 머릿속엔
가파른 산은 없고
문어오림만 있다.

말린 문어발을
예쁘게 오려
괴어 놓은 음식

하늘나라 꽃인 듯
날아든 봉황인 듯
애들 마음을 끈다.

제사 마친 숙부께서
문어오림을 애들에게
한 가닥씩 나눠준다.

그 낯선 어여쁨을
차마 먹지 못하고
손에 받쳐 든 짱아
'내년에 또 올 거야.'

동냥

동냥아치가 동냥 왔다.
갈고리 손을 보이며
열린 문간에 서 있다.

사웃 짖어대는 메리

집 보던 짱아가
메리를 혼내주고
쌀을 푸러 간다.

동냥아치는 안다.
이 집 꼬맹이는
귀한 쌀을
그릇 가득 퍼줌을

동냥아치가 간다.
코딱지 짱아에게
머리 숙여 감사하고

엿장수

철렁철렁 대문 앞
엿장수 가위 소리

헛간으로 뛰는 짱아
지천으로 널린 포대
헌 고무신, 헌책

엿장수는 기다린다.
어김없이 튀어나올
이 집 꼬맹이를

비료 포대를 들고
달려 나오는 짱아

엿판에서 엿을 떼는
아저씨 가위 소리
철-턱 철-턱

여린 마음 짱아는
아저씨가 손해날까?
옴쭉 마음 졸인다.

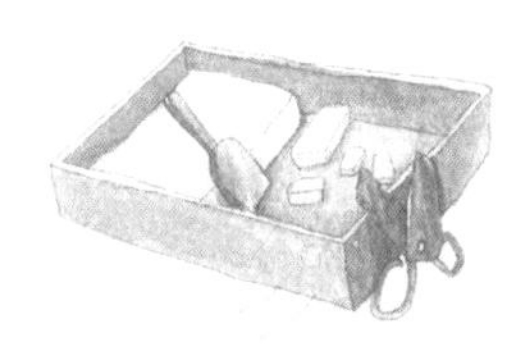

엿 먹기

오빠들은 가락엿을
으샤샤 토막 내서
엿 구멍 보며 먹지만

짱아는 가락엿을
쭈우욱 늘려늘려
쪽쪽 빨아먹는다.

메리는 입천장에 붙은
엿을 떼느라 으왕으왕
긴 턱을 돌리지만

짱아는 발 대롱대롱
하늘 보고 꽃 보고
엿가락 찌찌 쪽쪽

저 놈의 닭!

코딱지 짱아는 늘
메리랑 집을 본다.

마루에 걸터앉아
두 발 달랑달랑
제비 똥꼬 보고
열린 대문 보고

옆집 텃밭을 헤친
뭘 모르는 닭들이
'저놈의 닭들!' 되어
쫓겨 들어온다.

뒤따라 날아든 돌에
수탉 다리가 맞았다.
절뚝절뚝 아프겠다.

"그니까 나가지 마!"

돌 맞은 뱀

동네 오빠들이
자갈밭 뱀에게
돌을 던진다.

돌 맞은 뱀이
몸을 탱 비틀다가
바르르 숨을 놓는다.

오빠들이 달려들어
뱀 껍질을 벗긴다.

뱀 속살을 보자
구역질하는
비위 약한 짱아

'그러지 말지'
훌쩍대며
홀로 집에 간다.

붉은 피

강둑 위 오빠들이
심심한 강에
돌을 그냥 던진다.

퐁-당 퐁-당 텀!

소태오빠 돌에
강둑 밑
짱아가 맞았다.

피가 흐른다.
머리에서
붉은 피가 주르륵

겁나서 우는 짱아
윗옷 벗어
피를 막는 지오빠

집골목에 이르러
혼날 일이 갑갑해진
오빠가 짱알 붙든다.

피범벅 눈물범벅
짱아가 몸부림친다.
"엄마한테 갈래."

추석 빔

밤송이 쩍 벌어진
추석 성묘길

짱아네 육 남매가
산 밑 굽은 들길을
한 줄로 서 간다.

육 남매 추석빔이
조각천만 다를 뿐
하얀 단체복 같다.

풍년 들판에 날아든
여섯 백로인 듯
너울너울 훨훨
에헤야! 춤을 춘다.

같은 옷을 물려받을
막내짱아는 숲속
비석처럼 지루하겠다.

맞서기

소들과 거위들은
코딱지 짱아를
끄떡하면 깔본다.

짱아가 외양간 옆
뒷간에 갈라치면
거위는 꽥 성내고
소는 뿔을 들이댄다.

막대로 거위 쫓은
짱아가 꾀를 쓴다.

몸을 방방 띄우다
소를 이쪽으로 유인
저쪽 틈으로 쌩~

볼일 보고 총알 쌩~
들이댈 틈을 놓친
약 오른 소에게
"메에롱."

가래떡과 절편

짱아가 엄마 따라
흙먼지 길을 걸어
성산방앗간에 왔다.

길쭉한 가래떡이
돼지 코 기계에서
줄줄 나온다.

넓죽한 절편이
돼지 입 기계에서
메에롱 나온다.

엄마가 가래떡을
싹둑 가위로 잘라
짱아에게 준다.

흙먼지 손 짱아가
통통한 가래떡을
쭉 늘려 먹으며

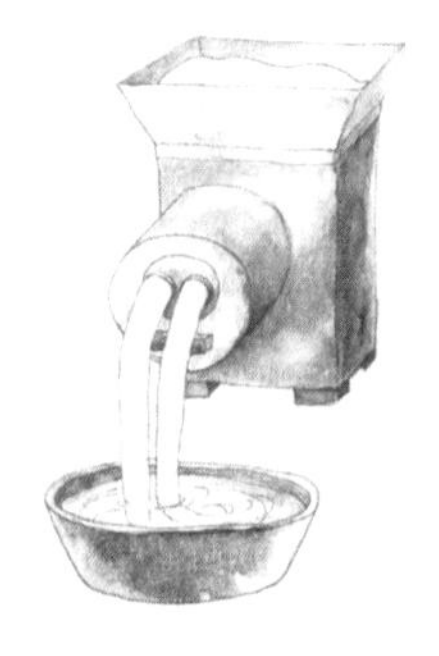

가래떡은 돌이
절편은 순이라
발갛게 생각한다.

제 2 장

부지깽이 짱아

입학식

운동장 짱아는 춥다.
친구들 뒷목이 낯설고
뒤쪽 엄마가 보고프다.

교실에 들어가서
염소 그림 보고 '염소'
나비는 '나비'라 답하고

엄마 등에 업혀 귀가한다.
신작로 찬바람이
볼과 귀를 때려
두드러기가 돋고

입이 얼은 친구들은
업힌 짱알 못 놀린다.

"엄마, 나 내일도 학교 가야 해?"

무지개우산

이슬비가 내린다.

우산 없는 오빠들은
책가방을 쓰고
찡그리고 등교하고

코딱지 짱아는
무지개 우산 돌리며
빙글빙글 등교한다.

지난 장에 엄마는
오빠들이 질색하는
무지개우산을 사 왔다.

빨주노초파남보
막내만의 우산이다.

닭들의 환호

닭들이 갸웃갸웃
짱아 눈치를 본다.

겨 말고 보리 말고
지렁이가 먹고픈
입 궁금한 닭들

짱아가 호미 들고
시궁창으로 간다.

기뻐 촐랑대는 닭들
앞다퉈 뒤는 몰라
우르르 따라간다.

호미 끝에 드러난
빨간 실지렁이들
"꼬고고꼬!"
닭들이 환호한다.

"그니까 마루에 똥 싸지 마."

귀가

책가방 든 짱아가
대문 틈으로 가만
거위 동태를 살핀다.

사나운 거위들이
저 멀리에 있다.

앗싸싸! 마당을
질주하는 코딱지
꽥! 코딱질 향해
돌진하는 거위들

마루로 몸을 날려
미끈한 슬라이딩
"메~렁."

콩닥대는 짱아 심장
꽥꽥대는 거위들
놀라 흥분한 토방

오늘 승자는 짱아?

승리한 짱아 손에
닭똥이 묻어있다.
"아, 또 싸놨네."

토방: 처마의 물 떨어지는 지점에 돌이나 벽돌로 단을 지어 마당과의 경계를 구분하는 흙바닥.

먹이 주기

소들이 목마르다.
짱아가 양동이로
뜨물을 퍼 나른다.

소들이 배고프다.
짱아가 바지게 위
꼴을 안아 나른다.

돼지가 꿀꿀댄다.
짱아가 겨를 개서
돼지우리로 간다.

주둥이 들이대는 돼지
도대체 틈을 안 줘
먹일 놓을 수 없다.

"아, 저리 가란 말이야!"

뜨물: 곡식을 씻어 내어 부옇게 된 물.
꼴: 소나 말에게 먹이는 풀.

염소

어둑한 해거름 들녘

배 빵빵한 염소가
주인을 기다리며
애타게 운다.
음매애애

짱아가 나타나자
반가운 염소는
꼬마 주인 다리에
코를 비벼댄다.

"아, 저리 가란 말이야!"

박힌 말뚝을 빼자
냉큼 앞서가는 염소
내둘내둘 신났다.

"아, 천천히 가란 말이야!"

힘센 염소에게
다다다 딸려가던
짱아가 줄을 놓는다.

염소는 귀갓길을 안다.

명주네 닭

오후반인 짱아가
명주네 집에 간다.
"명주야, 학교 가자."

명주는 대답 없고
수탉이 튀어나와
짱알 찍으려 한다.

뒤돌아 도망치는 짱아
푸르르 쫓아가는 닭
무심한 푸른 하늘

도랑에 발 빠지며
허둥지둥 뛰는 짱아
동구 다리까지 쫓겨

홀로 학교 간다.

오후반: 이부제 수업을 하는 학교에서 오후에 수업을 하는 학급.

지구의

학교에 일찍 도착한
짱아가 운동장
지구의를 돌린다.

빵빵이 지구의를
힘껏 밀고 올라타면
몇 바퀴는 공짜다.

느닷없이 나타난
낮도깨비 악동이
짱아가 탄 지구의를
사정없이 돌린다.

어지러운 짱아는
울며 통사정한다.
"그만해!"

달아나는 낮도깨비
내려서 꺽꺽 토하는
눈물범벅 짱아
'그럼 못 쓰는 거야.'

지구의: 조그맣게 만든 지구의 모형의 놀이 기구.
낮도깨비: 체면 없이 마구 행동하는 사람을 비유적으로 이르는 말.

탱자 잎 운수

대문 나선 짱아가
탱자나무 잎을 딴다.

탱자 잎을 던져서
앞면 나오면 좋은 날
뒷면 나오면 나쁜 날

탱자 잎이 빙그르르
오늘은 좋은 날!
낭낭낭 학교 간다.

뒷면이 나온 날은
한 잎 더 따 던지면
앞면이 사뿐 나온다.

짱아 운수는
날마다 좋은 날!

두 기다림

텅 빈 마루에 앉은
짱아가 엄마를
까막까막 기다린다.

아버지께 여쭤보니
외가댁에 가셨단다.
‘두 분이 다투셨나?’

외가 오동나무 밑에서
엄마가 짱아를
서성서성 기다린다.

하굣길에 짱아가
오늘은 들러주겠지.
‘혹 어디 아플까?’

며칠 후 귀가한
서운한 엄마 눈
“엄마가 안 보고 싶던?”
“…….”

까치야

앞니가 흔들댄다.
검지로 밀어 보나
혼자선 끔찍하다.

꾸러기 길오빠가
짱아 앞니에
실 걸고 수를 센다.

'셋!'을 각오하고
눈 감았으나
'둘'에 끝나버렸다.

얼떨결에 뺀 이를
노장군 짱아가
지붕 위로 던진다.

"까치야, 까치야,
헌 이 줄게, 새 이 다오."

간절한 부탁 후
손가락 문 짱아
'까치가 이빨도 먹나?'

노장군: 늙은 장군. 이를 뺀 아이를 놀리는 '이빨 빠진 노장군 샘가에 가지 마라. 붕어한테 뺨 맞는다…'라는 노래가 옛적부터 전해 내려옴.

언니의 손가방

몸과 맘이 풍성한
해언니 가방에선
늘 먹을 게 나온다.

초콜릿·사탕·땅콩
없으면
풍선이라도 나온다.

저 가방 언제 열리나?

아까부터 짱아가
언니 눈치를 본다.

먼 훗날 짱아도
손가방이 생기면
먹을 걸 넣어 다니리.

그럼 아이들이
저 가방 언제 열리나?

대청마루 밑

몸집 작은 짱아만
기어들 수 있는 곳
깊숙한 대청마루 밑

마루 밑 고운 흙을
눈 감고 더듬으니
동전들이 잡히고

통나무를 밀치니
조상님이 쓰시던
흰 호롱이 반긴다.

더욱 발발 기어드니
오리 알 한 무더기
어둠 속에서 빛난다.

"엄마, 바구니 밀어 줘!"

대청마루 밑에서
곧잘 보물 찾고
부릉 흥분하는 짱아

호롱: 석유를 담아 불을 켜는 데에 쓰는 그릇.

겸상

짱아는 마음이 좀 못났다.
머슴 오빠랑 겸상하기 싫다.

머슴 오빠가 고양이처럼 웃으면
짱아는 밥맛이 없어진다.

머슴 오빠가 그 반찬을 먹으면
짱아는 그 반찬을 안 먹는다.

아버진 그런 짱아를 못 본 척한다.
짱아는 오늘도 밥에 국만 먹었다.

두드러기 귀신

하곳길 찬바람 속
짱아의 큰 눈이
눈물에 젖어있다.

온몸에 돋아 난
도돌도돌
한랭 두드러기

짱아는 짱 춥다.

짱알 맞는 엄마가
지붕 밑 짚을 빼
모닥불을 지피고

짱알 훌랑 벗겨
연기를 타 넘게 한다.

외양간 소들이
안쓰럽게 지켜본다.

짱아의 작은 몸에
뿌려지는 짠 소금
수수비가 따가워
진저리치는 짱아

두드러기 귀신이
빗자루에 쓸려간다.

"나 좀 보지 말라고!"
으르렁 짱아가
애꿎은 소를 혼낸다.

산나물 자루

햇살 지친 해거름
골목에 선 짱아가
목 빼고 기다린다.

지게 진 아버지와
곤한 엄마 그림자가
길목으로 들어선다.

피웅 날아간 짱아
지게 발채에서
진달래꽃을 빼 든다.

산나물 자루에서
훈김 가득 찬
취·고사리·참나물이
후유유! 쏟아진다.

부모님은 온종일
짱아만 생각했나?

상큼한 찔레 순과
아이셔 싱아가
뭉치뭉치 나온다.

훈김: 연기나 김 따위로 인해 생기는 따뜻한 기운.

보릿고개

목마른 봄날 아침
혼자 사는 아짐이
쌀을 꾸러 왔다.

'가을에 갚겠다.'고
미안함을 더시나
'그러세요.' 아버진
되받을 맘이 없다.

쌀자루를 이고 가는
아짐이 무안할까
돌아앉은 꽃밭 짱아

못 보고 못 들은 척
꽃대 오른 수선화에
물을 주고 또 준다.

보릿고개: 햇보리가 나올 때까지의 넘기 힘든 고개라는 뜻으로, 묵은 곡식은 다 떨어지고 보리는 미처 여물지 않아서 농가의 식량 사정이 가장 어려운 시기를 비유적으로 이르던 말.

아기 수선화

꽃대가 흙을 이고 일어선다.
기던 아기가 조심조심 일어서듯

꽃대와 잎이 시나브로 자란다.
일어선 아기가 아장아장 걷듯

꽃대 끝 동화 지붕이 열린다.
방긋방긋 웃는 아기처럼

노란 꽃송이가 나비를 부른다.
팔랑팔랑 손 까부는 아기처럼

시나브로: 모르는 사이에 조금씩.

선비화

용봉이네
철조망 울타리에 핀
노란 나비꼴 선비화

한 송이 두 송이
용봉이 눈치 보며
가만가만 따먹네.

활짝 핀 꽃보다는
버선 모양 꽃망울이
더 풋풋하고 달다네.

남의 집
울타리 꽃이라
많이는 못 따먹네.

선녀와 나무꾼

색동 연두 원삼에
족두리 쓴 신부가
다소곳이 앉아

기웃대는 짱아 보고
연짓빛 미소 짓는다.

희고 고운 신부
당숙은 선녀를
모셔왔을까?

나무꾼 당숙은
손가락도 모자라는데
나무를 잘해 올지

걱정스런 짱아 보고
분내 나는 선녀가
곤짓빛 미소 짓는다.

원삼: 비단이나 명주로 지은 부녀 예복으로 연두색 길에 자주색 깃과 색동 소매를 달고 옆을 튼 옷으로 주로 신부나 궁중에서 내명부들이 입었다.
분내: 분에서 나는 냄새.

감 우리기

짱아가 땡감을 주워
소금물 단지에 넣고
장독 뒤에 숨긴다.

이틀 땡볕이면
떫은 기가 속 빠져
먹음직한 감이 된다.

뿌듯한 다 다음날
꺼낸 감에 찍힌
지오빠 이빨 자국

“으잉”

팽개쳐 버리고
땡감을 다시 모아
장소 옮겨 우린다.

말대꾸

큰 부엌에서
별언니가 엄마께
대들고 있다.

달랑달랑
한마디 말도
지질 않는다.

보다 못한 해언니가
그러지 말라 한다.

삼촌과 서울 사는
센 듯 약한 별언닌
엄마의 긴 한숨이다.

말대꾸 자꾸 하면
엄마가 힘들 텐데

부엌문 밖 동생들은
발끝까지 속상하다.

어깨동무

짱아랑 동미가
어깨동무하고
탱자 골목을 지난다.

"어깨동무 내 동무
미나리 밭에 앉았다!"
혼자만의 노래 후

서 있으려는 동무를
끌어 앉히는
억지가 고소하고

동무가 잽싸게
풀썩 앉아 줄 땐
맘이 온통 시원하다.

'풀썩'에 밀린 바람은
가시 찔려 '아야' 하고

골목을 지나던 아재는
꽃웃음 흘리고 간다.

싸움

짱아와 동미가
사방치기 하다
싸움이 났다.

사자처럼 노려보다
미움이 폭발한 순간
머리채를 잡는다.

쌈질하고 있건만
말려주는 이도
봐주는 이도 없다.

힘들어 그만하고 싶다.

한 살 언니인 동미가
머릿니도 모르게
손가락 힘을 뺀다.
짱아도 살짝 뺀다.

멋쩍어 좀 노려보다
발 탕탕 구르며
각자 집으로 간다.

머릿니: 잇과의 곤충. 어두운 회색으로 사람의 머리에서 피를 빨아 먹는다.

화해

짱아랑 싸운 동미가
담 너머로 외친다.
"찢어진 장화 짝!"

두레박질 짱아가
내심 기뻐 받는다.
"돌 밑의 메기!"

'장화'와 '메기'란
서로 붙인 별명이

신난 탁구공처럼
낮은 토담 넘어
왔다리 갔다리

단박 풀린 맘들이
목이 메 꺽꺽
왔다리 갔다리

응가 위 풋배

누가 멀쩡한 배를
뒷간에 빠뜨렸지?

응가 위에 놓인
엉뚱한 풋배

아무래도
짱아가 수상하다.

허리춤이 불룩한
뒷간 다녀온 짱아

허리 굽혀 마당을
어정쩡 지나더니
골목 나가 뛴다.

식구 몰래 따 온
먹어 배 아플 풋배

강에서 친구 만나
너 하나 나 하나

풍뎅이가

배나무 배를 파먹는
풍뎅일 잡아
애들이 시합한다.

다리를 반쯤 똑 따고
목을 비틀어
뒤집어 놓으니
날개 펴고 윙 돈다.

“풍뎅아, 돌아라!”
애들이 바닥 치며
풍뎅일 응원한다.

오빠들이 그러하니
짱아도 그러한다.

풍뎅이가 왜 돌까?
오빠도 짱아도
알아채지 못한다.

달리는 이유

짱아가 달린다.
동미가 달린다.
명주가 달린다.

애들은
끄덕하면 달린다.
바쁜 게 아니다.

심부름 갈 때
냇가 갈 때
애들은 그냥 달린다.

왜 달리는지
할무니도 할배도
이유 묻지 않는다.

아기노루가 달리듯
애들은 그냥 달린다.

까스활명수

끄떡하면 체하고
아차하면 설사하는
팔삭둥이 짱아

아픈 배를 부여잡고
기둥에 기대어
쭈그러져 있으면

“까스활명수 사다 줘라.”
아버지 목소리가 난다.

활명수를 마시면
신통방통 낫는 배

활명수가 먹고픈 날엔
괜스레 배가 아프다.

그런 요상한 날에도
“까스활명수 사다 줘라.”
다 안다 목소리가 난다.

다짐 글

여름방학 내내
밥도 잊고 노느라
빼빼 마른 짱아

조치가 취해졌다.

아버지가 짱아에게
각서를 쓰게 해서
벽에 붙여 놓았다.

'사흘에 한 번
냇가에 갈 것이며
가서도 세 시간을
넘기지 않는다. 꾹'

마당 평상에 앉아
대나무 쪽이나 세는
냇가에 가고픈 짱아

메리가 다가와 핥아준다.
"아, 저리 가란 말이야!"

구멍 '뽕'

한여름 밤 짱아가
식구들 앞에서
노래하며 춤을 춘다.

보면 안 되는 두 형부는
신문지로 가려놓고

형부가 빼꼼 내다보면
짱아가 춤을 멈춘다.

가수마다 노래마다
요렇게 조렇게
달리 춤을 추니
온 식구가 벙글댄다.

형부들이 킥킥대서
짱아 눈이 커졌다.

두 형부가 신문에
구멍 '뽕' 뚫어서
다 보고 말았다.

"아이고, 망했다!"

비 풍경

며칠째 장맛비가
주룩주룩 내린다.

빗물 찬 마당에서
빗물 따라 흘러든
붕어를 쫓는 짱아

첨벙첨벙 이히히
물고기를 잡는 지
물고기랑 노는 지

소들은 마른풀을
건성건성 씹으며
닭들은 갸웃갸웃
짱아 꼴을 구경한다.

물꼬 트러 간 아버지
물 구경 간 오빠를

호박부침개 반죽은
부뚜막에서
질벅질벅 기다리고

마루 밑 메리는
쏟아진 졸음에게
인사 중이다.

별똥별

검푸른 밤하늘 보며
오빠가 '어어!' 한다.

슈우욱
떨어지는 별똥별

동트자마자 파다닥
뛰쳐나가는 오빠들
강가를 이 잡듯 뒤져
기필코 찾아온다.

검붉은 별똥별

여행 왔을까나?
미끄러졌을까나?
속내를 알 수 없는
비밀스러운 별똥별

짱아의 보물이 된다.

소심한 짱아

퇴원하고 온 엄마가
이리 오라 손짓해도
담만 긁고 있는 짱아

못에 발 찔린 엄마가
피 흘리고 있건만
보고만 있는 짱아

낙상한 엄마가
허리를 다쳤건만
그저 서 있는 짱아

서운한 엄마 눈빛

사실 소심한 짱아는
놀란 순간에 붙들려
꼼짝할 수 없다.

늙은 엄마

스카프 하늘하늘
자전거로 시장가는
젊은 현지네 엄마

흰 한복 치렁치렁
장바구니 끼고 가는
늙은 짱아네 엄마

현지는 삼 남매 첫째
짱아는 육 남매 막내

엄마들 모습이 다르다.
'으잉!'

그러해도 짱아는
앞니 없는 엄마가
돌아서면 보고프다.

팬티

반 친구 모모가
팬티를 안 입고
학교에 왔다.

청소 중 치마가 팔락
엉덩이가 드러나
놀림감이 되었다.

치마 들치는 악동들
붙잡고 우는 모모
친구네 가난이 가엾다.

두어 개 뿐일 팬티를
다 빨아버렸을까?

그러했어도
젖은 팬티라도
꽉 짜서 입고 오지

뽕!

사회시간 칠판의
'뽕나무'를 베끼던
짱아가 엉겁결에

"뽕!"
소리 내 읽고 만다.

까르르 낄낄 히히
웃어대는 친구들
홍당무 된 짱아

선생님께서 짱아를
물끄러미 보시곤
아무 말씀 없으시다.

짱아가 실수한 걸
눈치채셨을까?

오늘 짱아는 배웠다.
엉겁결에 한 실수는
용서해줘야 한다.

복도 윤내기

복도 나무 바닥에
각 반 애들이
무릎 꿇고 앉아

바닥에 양초 칠해
병으로 문지르며
구구단을 외운다.

이 일은 이
이 이는 사
이 삼은 육

입 들썩
엉덩이 들썩
들썩들썩 복도

구구들이 들어가니
긴 복도엔 윤들이
반질반질 뒹군다.

반 친구들

하얀 대리석
롱롱과 봉봉은
돌아가며 반장 하고

푸른 보석
솔솔과 라라는
선생님께 신용 받는다.

거친 맷돌
길길이와 방방이는
힘 합쳐 말썽 피우고

까만 조약돌
말 없는 짱아들은
그들을 지켜본다.

그러면서 다들
잘도 자란다.

신용: 어떤 말이나 행동을 믿을 만한 것으로 받아들임.

찾아 먹기

뭔가 먹고프다.

항아리 속에서
곶감을 찾았다.
한 개만 쏘옥

쌀뒤주 속에서
사과를 찾았다.
한 개만 쏘옥

시렁 석작 속에서
약과를 찾았다.
두 개만 쏘옥

배불러 행복한 짱아

아껴 놓은 엄마는
요런 짱아 짓을
늘 모른 척하신다.

석작: 가는 대오리를 결어 만든 네모꼴 상자.

쐐기

대추를 따 먹다가
쐐기에 쏘였다.

따끔따끔 오돌토돌
쏘인 팔이 아프고
미운 맘이 부푼다.

입술이 뾰족해진
눈빛 선 짱아

이파리 뒤 쐐기를
죄다 탕탕 털어내
발로 밟아 복수한다.

짱아는 시방
붉은 악마다.

상현네 팥죽

상현네 팥죽 맛은
동네를 사로잡는다.

주전자 든 짱아가
아픈 언니를 위해
팥죽 사러 간다.

비좁은 가게 안
까만 교복 오빠들이
팥죽 맛에 잡혀있다.

모락모락
쫄깃쫄깃
달곰달곰 냠냠

상현네 팥죽 맛은
큰 병난 별언니도
배시시 앉게 한다.

화투 놀이

함박눈이 펑펑
뜨뜻한 안방

엄마랑 아버지가
민화투를 친다.
5점당 10원 내기

두 분이 사이좋게
번갈아 가며 딴다.

구경꾼 짱아 맘이
통 흐뭇하다.

꾀쟁이 엄마가
훤한 달 광을
발밑에 감췄다.

눈치챈 아버지가
코 벌렁벌렁
판을 뒤엎는다.

심판관 짱아 맘이
간질간질하다.

'흐흐, 애들 같다.'

광: 화투의 스무 끗짜리 패. 모두 다섯 장이다.

홍길동이들

방학이면 오빠들은
자기네 학교를 턴다.

체육실에 있던
축구·농구·럭비공이
집 마당에 있다.

동네 오빠들은
으레 때마다
그 공 갖다 논다.

방학이면 오빠들은
자기네 학교를 턴다.

과학실에 있던
돋보기·온도계·자석이
집 서랍에 있다.

남은 양심은 있는지
값비싼 물건은
안 가져온다.

그러려니!

볼펜 궁한 오빠들은
교실 바닥을 뜯어
한 움큼 주워온다.

나무 바닥 밑엔
틈새로 허망이 빠진
볼펜들이 널려있다.

썰매 만들 오빠들은
교실 창틀 쇠 뜯어
철조망 넘어 빼온다.

개학 후 선생님들은
'그러려니!'
그냥 넘어가 주신다.

이

학교 층계에 앉아
볕을 쬐던 짱아가
깜짝 놀라 두리번

'본 사람은?'
다행히 없는 듯

목덜미가 스멀대
더듬어보니
이가 잡혀 나왔다.

사실 내복 솔기에
이랑 서캐가 좀 있어
심심할 때 잡으면
그 재미가 쏠쏠하다.

암만 그러해도
대낮 학교에서
'이가 나오다니!'

벌떡 일어난 짱아
창피를 후들 털고
급히 자리를 뜬다.

서캐: 이의 알

채변

신문지를 깔고
응가 누는 짱아

성냥개비로
콩알만치 응가를 떼
속 봉투에 담는다.

책가방에서
냄새나면 어쩌지?
찜찜한 등굣길

“으잇, 으잇!”
채변봉투를 걷는
친구 손이 쩔쩔

양호실에 내고서야
구린내에 눌린 코가
뻐벙 살아난다.

한 뭉치 회충

구충제 먹은 짱아가
뒷간에서 근심스레
응가를 눈다.

두 눈을 꼭 감고
똥꼬를 크게 벌려
단번에 힘을 준다.

끄응!
응가 위에 떨어진
한 뭉치 흰 벌레들

으악!
마릿수도 안 세고
뛰쳐나가는 짱아

등굣길 내내
고민에 빠졌다.

선생님께
몇 마리 나왔다고
보고해야 하나?

빨랫줄

빈 빨랫줄에서

먹이 문 제비는
한숨 돌리고
실바람은 살랑
고무줄놀이 한다.

꽉 찬 빨랫줄서

구멍 난 양말은
우헤헤 웃고
오빠 잠바는 엉금
외줄타기 한다.

아버지의 눈총

풀 무성한 논두렁길
짱아가 새참 들고
메뚜기처럼 날아간다.

풀섶 어딘가에 있을
뱀한테 물릴까 봐
파르르 떠 걷는다.

써레질 된 물 찬 논
바짝 고개 든 뱀이
나 보라! 헤엄친다.

기겁한 짱아가
"엄마야!"
후다닥후다닥

호들갑이 못마땅한
아버지의 긴 눈총이
짱아에게 꽂힌다.

뱀에 물린 것보다
더 더 더 아프다.

써레질: 써레로 논밭의 흙덩이를 잘게 부수고, 바닥을 판판하게 고르는 일.

알아차림

마루에서 신문 보던
짱아가 감탄한다.
“우아, 잘생겼다!”

아버지의 눈총이
콕 내리꽂혔다가
언짢게 걷힌다.

짱아는 곧 알아챈다.

아, 악질 범죄자를
잘생겼다고
‘칭찬하면 못쓴다.’

못줄 잡기

오늘은 모심는 날
일손이 모자라
짱아가 못줄 잡는다.

건너편 논둑 오빠의
'어이' 신호에 맞춰
못줄을 옮기면 된다.

무지 쉬워 보이나
코딱지 짱아에겐
부들부들 벅차다.

긴 못줄을 들어 올려
논두렁에 박다가
미끄러진 뻘뻘 짱아

아무짝에 쓸모없어
"에잇, 저리 가."
메리처럼 밀려난다.

못줄: 모를 일정한 간격으로 띄어서 심기 위하여 일정한 거리마다 붉은 표시를 해 놓은 줄.

짝짓기

메리가 들머리에서
윗동네 백구랑
꼬릴 맞대고 있다.

구경난 애들이
발로 탕탕 겁주고
돌멩이를 던진다.

민망해진 짱아가
메리를 노려보다
휑하니 집에 간다.

안 보이는 데서 하지
'왜 저기서 하냐고!'

힐끗대던 메리는
어찌할 수 없는지
못 따라간다.

사랑

어른스런 친구 옥하가
문틈으로 사랑을 봤단다.
주인댁 언니의 사랑을

애들은 눈만 껌벅일 뿐
아무것도 묻지 못한다.

밤중에 잠 깬 짱아는
헛기침 사랑을 들었다.
부모님의 순한 사랑을

짱아는 자는 척했고
아무한테 말하지 않는다.

아버지들

짱아네 탱자골목
아버지들은
하늘나라에 계시다.

하여 짱아네 아버진
눈길을 홀로 내고
관청 일 대신 본다.

돌아가신 아버지들이
남긴 어려움은
착한 맘을 부르는지

은은한 골목길엔
탱자 꽃 같은
착함만 가득하다.

누에

좁쌀 같은 알에서
애벌레가 나온다.
꾸물꾸물

한잠 자고 깰 마다
하얀 몸이 자란다.
부쩍부쩍

뽕잎 갉아먹을 땐
단비 소리가 난다.
사락사락

섶에 오른 누에는
하얀 집을 짓는다.
내둘내둘

옆 친구랑 엉키면
풀 수 없는 솜뭉치
쌍둥이 고치가 된다.

'아이고!'

섶: 누에가 올라가 고치를 짓도록 마련한 짚 따위로 만든 물건.

응가 마려우면

강가에서 놀다가
응가 마려우면

구석진 언덕 밑에
돌로 구멍 파 싸고
돌 주워 똥꼬 닦고
돌로 덮으면 된다.

오디 따 먹다가
응가 마려우면

뽕나무 뒤에 숨어
막대로 구멍 파 싸고
뽕잎으로 똥꼬 닦고
뽕잎 덮으면 된다.

똥파리가 앵앵대면
엉덩이 흔들어 쫓고
응가를 묻으면 된다.

그리움

토끼들판 논둑에서
흙 방아놀이 중인
흙투성이 짱아에게
아침이 일러준다.

해언니가 아기짱아를
돌확에 쌀을 갈아
미음 먹여 키웠다고

시집간 해언니가
울컥 보고픈 짱아가
흙 털고 집에 간다.

노래하던 언니처럼
부지깽이로 아궁일
두들겨보는 짱아

서울 해언니가 오면
냇가 다슬기를 잡아
까먹게 해야겠다.

돌확: 돌로 만든 절구.
부지깽이: 아궁이 따위에 불을 땔 때 불을 헤치거나 끌어내는 데 쓰이는 가느다란 막대기.

돌 따먹기

짱아와 동미가
돌을 모아 놓고
돌 따먹기 한다.

목가를 위로 던져
바닥 돌을 움켜쥐고
딱 받아내면 내 돌

짱아가 땄다.
모자란 돌을
주워내는 동미

동미가 땄다.
어슬렁어슬렁
낭패를 줍는 짱아

돌은 어디든 있어
돌 따먹기 할 땐
둘 사이가 좋다.

목가: 돌 따먹기, 땅따먹기, 비석치기, 사방치기 등에 쓰이는 자신만의 돌 (전라방언).

점심때면

점심때면
동미네 오빠는
짱아랑 노는 동미를
불러서 데려간다.

점심상 차리라고

점심때면
짱아네 오빠는
혼자서 노는 짱아를
모른 체 지나간다.

알아서 점심 먹으려고

점심때면
영주네 오빠는
어디선가 노는 영주를
찾아서 데려간다.

영주 점심 먹이려고

얼음과자

지글지글 마을길에
케키장수가 나타났다.
“아이스케키, 얼음과자.”

지오빠가 개작해
“아이놈새끼, 얼른가자!”

짱아랑 오빠가 헉헉
엄마 눈치를 살핀다.
방긋 돈주머니가 열렸다.

날개 편 솔개짱아 윙
케키 사러 날아간다.
껌딱지 메리도 쫓아간다.

얼음과자 통 속
아까운 찬기가
슝슝슝 승천한다.

한입 물고 오는 짱아
한입 얻어먹은 메리
둘 다 용이 될 듯하다.

심심한 짱아

심심한 짱아가
흰 고무신을 닦는다.

지푸라기 돌돌 뭉쳐
비누칠해 문지르니
뽀얀 살이 드러난다.

심심한 짱아가
마당 잔풀을 없앤다.

새 호미를 뉘여
살살 긁어내니
고운 흙이 드러난다.

해넘이께 짱아가
대문간 국기를 내린다.

장대 끝 태극기로
붉은 하늘 휘저으며
장엄히 애국가를 부른다.

학교 안 다닌 메리는
태극기를 몰라보고
왕왕 물러 쫓아 다닌다.

보부상

열린 대문 짱아 집엔
장수란 장수들은
다 거쳐 간다.

젓·옷감·장독장수

먼 길 온 장수들에게
엄마는 끼니 대접하고
잠시 쉴 곳을 내드린다.

물건도 팔아줘서
뒤뜰엔 여분의
체와 장독이 많다.

엄마가 없는 날엔
장수들이 그냥 가서
짱아 눈이 슬퍼진다.

배고프고
다리 아프고
돈 못 벌었을 장수들

보부상: 예전 봇짐장수와 등짐장수를 아울러 이르던 말.

백설기

엄마가 새 신 신고
멀리 가신 날은
낮도 해름 같다.

깊은 산 속 작은 절
불단에 떡 올리고
절하고 있을 엄마

어디 만큼 오셨나?
장장 멀었다!

메리가 벌떡 서니
흰 한복 엄마가
달빛처럼 들어선다.

얻어 온 백설기를
조금씩 떼어
식구 먹이는 엄마

떡에선 심심한 맛
보고픈 맛
솔바람 맛이 난다.

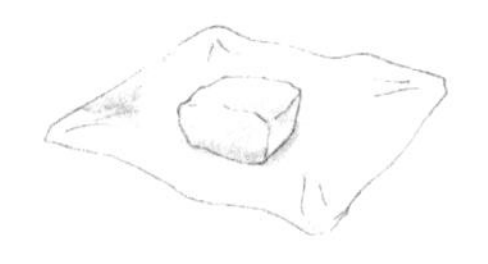

해름: 해가 서쪽으로 넘어갈 무렵.

보리와 바꾼 복숭아

엄마 따라 먼 길
다리 건너 기산리
복숭아밭에 왔다.

아기 엉덩이 같은
복숭아가 오지게
주렁주렁 열렸다.

가져온 보리랑
맞바꾼 복숭아
아무래도 넘 많다.

아줌니가 마을로
과일 팔러 오시면
엄마가 팔아줘서

덤을 듬뿍뿍
주시나 보다 좋다.

적막

집 앞쪽 벽엔
매미 닮은 키가
숨죽여 붙어있고

집 옆쪽 벽엔
곰보딱지 멍석이
대롱롱 묶여있다.

저 건너편 벽엔
두 낡은 바퀴가
추억에 잠겨있고

집 뒤쪽 벽엔
동글한 체들이
음냐 자고 있다.

막대든 히히 짱아
이들을 때려 깨우며
집채를 휙휙 돈다.

타닥 타다닥 타타

적막: 고요하고 쓸쓸함.

부지깽이

부지깽이도 덤벙인다는
바쁜 가을 벼 베는 날
코딱지 짱아도 나선다.

새참 광주리를 인
엄마 따라 낑낑
술 주전자 들고 간다.

후드득 메뚜기 풀밭에
아침내 장만한
음식들이 차려진다.

"어이, 다들 나오소."
뿌듯해진 아버지가
일꾼들을 부른다.

"어, 반찬 걸다!"
엄마께 모로 감사하는
순박한 농군 아재들

그런 아재들 대접고자
부지깽이 짱아도
주전자 들고 설친다.

이엉 엮기

햇살 부드러운 마당
추수 끝낸 아버지가
이엉을 엮는다.

새 볏짚에 둥지 튼
녹음기에서 흐르는
옛 가요가 구성지다.

눈치 빠른 짱아가
제 몫을 찾아 한다.

아버지가 엮어가는
구불구불한 이엉을
쭉 당겨 펴놓고

옛 가요를 차지게
따라 부르며 놀다가

한 마름이 다 되면
돌돌 말아 세운다.

이엉 엮는 아버진
막둥이 짱아 짓에
내내 흐뭇하시다.

마름: 이엉을 말아 놓은 묶음.

고추잠자리

가을볕을 만나
찡그린 짱아가
잠자리를 본다.

나래를 쫑 펴고
여문 접시꽃에 앉아
바람 타는 고추짱아

쉬고 있을까나?
낮잠 잘까나?
엄지검지 살금

차마 잡지 못하고
나래만 살피다가
물러서는 짱아

다른 접시꽃에서
바퀴 씨앗 따다가
우앵~ 빽 굴린다.

짱아는 시방
고추짱아를 잡고파
심보가 틀려있다.

짱아: 어린아이의 말로, '잠자리'를 이르는 말.

가을 운동회

100m 달리기
출발선에 선 짱아
가슴이 콩닥콩닥

탕! 총소리에 놀라
잠시 주춤
얼굴만 앞서 뛴다.

운 좋으면 3등
다리 후들대면 4등
1등은 못 해봤다.

짱아는 부끄럽다.
사람들 앞에서
헐레벌떡 뛰는 것이

짱아는 꿈꾼다.
100m 달리기 없는
가을 운동회를

말 달구지

방앗간 말 달구지가
쌀가마를 가득 싣고
저만치 앞서간다.

하굣길 애들이
눈 번쩍 살금살금

달구지 뒤편 쌀가마에
거미처럼 붙는다. 짝

몰래 타는 재미
몰래 빼먹는 쌀
히히히 꿀맛이다.

마부아재가 뒤돌아
'어허' 하면 내렸다가
다시 붙으면 그만이다.

아재는 맘씨 좋은
경철이 아버지시다.

자치기

마을길을 차지하고
자치기하는 오빠들

길오빠가 긴 막대로
짧은 막대를 날린다.
구경꾼 눈도 슝 난다.

긴 막대로 작은 막댈
뱅그르르 돌려친다.
구경꾼 눈도 뱅 돈다.

막대로 길이 재면
맘들이 늘었다 준다.

진편에 질질 업혀
전봇대를 도는 오빠

구경꾼이 하 많아
이래저래 쑥스럽다.

성탄절 아침

고민에 빠진 짱아

교회를 갈까?
말까? 망설인다.

성탄절 아침이면
교회 문 앞에서
빵과 사탕을 준다.

도착한 차례대로
길게 서야 하는 줄

뭔가 쑥스럽고
뭔가 어색하고
안 받기도 뭐해

안 가기로 작정한다.

바퀴에 다친 손

– 아버지 이야기(1930년대)

달구지 바퀴에 다친
어린 아버지 손이
나날이 곪아간다.

의사는 때 늦었으니
손을 자르자 한다.

귀가해서 할머니는
어린 아버질 설득하고
아버진 울며 버틴다.

지나가던 엿장수가
문밖에서 듣고
'잿물에 손을 담그라.'
일러주고 간다.

잿물에 손을 담그니
곪은 살이 흐물흐물
녹아 떨어져 가고

새살이 쏘옥쏘옥
나날이 차오른다.

밀항

– 아버지 이야기(1930년대)

낭자머리 할머님이
어린 아버지 등에
말린 찰떡을 지운다.

육촌 형제와 아버진
일본순사 눈을 피해
지리산을 걸어 넘어

삼천포에서
일본행 배를 탄다.

찰떡이 끼니인
밀항 유학길이다.

장손은 배워야 한다는
할머님의 결단은
결국 장손이여 끝난다.

할아버지의 타계로
집안 기둥인 아버진
서둘러 귀국해야 했다.

장손: 한집안에서 맏이인 손자.
타계: 어른이나 귀인이 세상을 떠남.

호랑이 두 마리

– 아버지 이야기(1940년대)

늦가을 깊은 산 속
젊은 아버지가
나무하고 있다.

느낌이 섬뜩해
고개 들어보니

저만치 마른 풀숲에
호랑이 두 마리가
지켜보고 있다.

도망치면 호랑이가
사납게 쫓아올 테니
못 본 척 하던 일을
계속하는 아버지

달려들면 싸우게
쥔 낫을 다잡고서
낮은 곁눈질로
동태를 살핀다.

아버지의 담담함에
두 호랑이가
무심히 물러갔다.

(하마터면 짱아가 못 태어날 뻔했다.)

제 3 장

쑥부쟁이 짱아

쑥부쟁이: 쑥부쟁이의 꽃말은 '인내'이며, 쑥부쟁이란 이름은 '쑥을 캐러 다니는 불쟁이(대장장이) 딸'에서 유래되었다고 한다. 옛날 산속 마을에 가난한 대장장이 가족이 살고 있었는데, 대장장이의 큰딸은 병든 어머니와 11명이나 되는 동생들을 돌보며 쑥을 캐러 다녔기에 마을 사람들은 그녀를 '쑥부쟁이'라 부르곤 했다.

두 다발 반

서울 간 엄마 대신
코딱지 짱아가
가마솥 밥을 짓는다.

짚단을 풀어
때고 또 때도
밥이 끓지 않는다.

'이상도 하지?'
솥뚜껑을 열어보니
벌건 지옥불이 쩡

'엄마야!' 짱아가
옆집으로 달려
동미엄마 손을 끈다.

"아가, 얼마나 땠더냐?"
"두 다발 반요."

이후 짱아 별명은
'두 다발 반'이다.

이불 속 밥그릇

아랫목 이불 속에
밥그릇을 넣어두면
식구들이 엎질러서

귀가 늦은 식구 밥은
장롱 이불 속에
깊숙이 넣어둔다.

엄마도 깜빡하고
하루 지난 밥그릇
잠자리 준비하다
쏘옥 빠져 퍽!

엎질러진 밥은
메리 밥이 되고
메리가 남기면
닭들이 잔치한다.

"꼬끼오~ 꼬옥."

술 드신 아버지

탱자골목 입구에서
술 드신 아버지의
'어험~' 소리가 나면
식구가 삭삭 사라진다.

달랑 남은 막내짱아
"다녀오셨어요?"
"울 막둥이 것!"
귀한 귤을 받는다.

아버지의 주벽인
'오라-훈계-가라'가
근엄히 시작된다.

"길동이 오라 해라."
"집에 없는데요."
"어허, 어디 갔다냐?"

술 취한 아버질 어서
재워야 하는 짱아
이불 펴고 누워
아버지 기분을 맞춘다.

뜻 모를 일본민요는
늘어지게 합창하고
창에는 추임새 넣는다.

얼쑤! 잠드신 아버지

짱아가 전등을 끄니
식구가 삭삭 나타난다.

주벽: 술 마신 뒤에 나타나는 버릇.

만화책

오빠 방 책상 밑엔
빌려 온 만화책이
까꿍! 숨겨져 있다.

이불 속에 엎드려
눈 도리도리!
만화에 빠졌는데

아버지 발걸음 소리

후다닥 만화책을
배 밑에 깔고
딴청 곤지곤지!

곁에 눕는 아버지

꼼짝 못 하는 짱아
아버진 버얼써
눈치채셨는지도

짱아가 깜박
잠들었다 깼다.

배에 눌려 구겨진
만화 협객 표정들
만화방 아줌니의
낼모레 표정이다.

춘우네 할머니

일 없는 겨울이면
매일 마실 오시는
춘우네 할머니

할머님이 오시면
오빠들은 도망가고
짱아는 어정어정
마당을 맴돈다.

육 남매 둔 엄마는
눈치껏 일하며
할머님을 모신다.

할머니가 가시면
오빠들은 돌아오고
짱아는 시원히 웃고
엄마는 바빠진다.

마실: 근처에 사는 이웃에 놀러 가는 일.

봉님이

겨울방학 내내
숨바꼭질 술래는
봉님이다.

애들끼리 짜고서
우르르 달려나가
'찜!' 해버리면
봉님인 또 술래다.

어제도 오늘도
힘 빠진 봉님이

가난에 기죽지 않는
봉님이 우김질이
동네 애들을
악당으로 만든다.

오늘도 봉님이의
커다란 예쁜 눈에
눈물이 핑 돈다.

핀 따먹기

핀치기 도사 친구가
옷핀에 핀 쫙 꽂고
자랑스레 나왔다.

짱아는
친구의 핀이
하나도 안 부럽다.

핀을 튕길 때마다
손가락이 떨리고
다툼 잦은 핀치기

핀을 다 잃은 친구는
구석에 퉁퉁 서 있다
빈 얼굴로 집에 간다.

저 까만 핀들은
우정을 쏘는
털 송송 쐐기일지도

효주네 개

효주네 개 뭉치와
짱아네 개 메리는
으르렁 앙숙이다.

뭉치가 길 가던
아버지와 언니의
뒷다릴 물었다.

짱아네 식구를
죄다 아는
영악한 개 뭉치

뭉치한테 물릴까 봐
효주네 앞 공터엔
얼씬 못하는 짱아

먼발치에 빠끔 서서
시끌벅적 재미 붙은
전봇대만 구경한다.

청둥오리 사냥

강으로 두 오빠가
오리 사냥 간다.
짱아도 따라간다.

겨울 강둑에 숨어
물 가운데 갈대밭
오리 떼를 살핀다.

독이 든 콩을
과연 주워 먹을까?

찬 공기를 찢는
"꽤애액!"
날벼락 비명

하늘로 황급히 솟는
놀란 오리 떼

새총의 돌처럼
튕겨 나가는 길오빠

겨울 강가 돌처럼
얼어버린 짱아

'이런 거였어?'

토끼몰이

눈 덮인 뒷산으로
오학년 전체가
토끼몰이 간다.

산 밑을 에워싸고
"와~와~"

숨은 토끼 겁주며
뽀드득 산을 오른다.

맘껏 외치고픈
'토끼다!'는
아무도 못 해보고

산마루로 올라서는
허탕 친 얼굴들

산꼭대기 찬바람이
"휘~익~"
얼굴들을 몰아
바위 밑에 앉힌다.

"어, 추워."

토끼몰이: 산토끼를 잡기 위해 도망갈 수 없는 방향으로 몰아넣는 일.

쑥 캐기

짱아랑 명주가
할미꽃 언덕에서
봄 쑥을 캔다.

찬찬한 명주는
다소곳이 앉아 캐고

기웃기웃 짱아는
큰 쑥만 찾아 캔다.

명주 바구니엔
깔끔한 쑥이 가득

짱아 바구니엔
검불때기만 가득

검불: 가느다란 마른 나뭇가지, 마른풀, 낙엽 따위를 통틀어 이르는 말.

그 언저리

삘기가 먹고프면
이 언덕으로

찔레 순이 먹고프면
그 개울가로

머루가 먹고프면
저 산길로 가면 된다.

욕심쟁이가 없어
늘
그 언저리엔

삘기·찔레·머루가
먹을 만큼 있다.

벌서기

떠들어서 반 전체가
책상에 무릎 꿇고
두 손을 들었다.

친구가 팔이 아파
낑낑댄다.
낑낑에 엄살이 붙어
훌쩍댄다.

반성해야 하는데
짱아는 자꾸
웃음이 나온다.

귀신을 떠올리며
후들 털어내 봐도
귀신조차 웃기다.

쿡쿡 새는 웃음보를
헛기침으로 땜하고
고개 숙여 봐도
벌서기는 웃기다.

생쥐 잡기

엄마와 짱아가
대청을 드나드는
생쥐를 잡고 있다.

몽당비로 대청을
탕탕 겁주는 엄마

대청 밖 마루에서
문에 난 쥐구멍에
자루 대고 선 짱아

"나간다!"
엄마의 외침에
심장이 벌떡댄다.

쥐구멍 자루로 탱
튕겨져 나온 생쥐
"잡았다!"

들어 올린 자루를
쌩쌩 돌리며
엄마 부르는 짱아

"엄마, 빨리 나와!
생쥐가 나 물지 몰라."

황소와 송아지

소들은 다 안다.
일하러 가는지
팔려 나가는지

일하러 갈 땐
느릿느릿 걷고
팔려 나갈 땐
네발로 버틴다.

버티는 황소를 몰고
황룡 우시장 가는
아버지와 짱아

눈썹 길고 빛 좋은
짱아네 소는 금세
농부에게 팔렸고

송아지를 사서 끄는
귀갓길이 시끄럽다.

어미 찾는 송아지가
음매음매 울어대고
똥을 싸며 걷는다.

"시끄러워!
아버지가 잘해줄 거야."

짱아의 무게

플라타너스 어린잎이
나풀대는 내리막길

아버지의 자전거가
짱아 싣고 달린다.
앞바퀴가 흥얼흥얼

플라타너스 어린잎이
웅크린 오르막길

아버지의 자전거가
짱아 싣고 달린다.
뒷바퀴가 삐꺽삐꺽

"아버지, 나 무겁지?"
"하나도 안 무겁다."

늙은 아버질 위해
몸을 띄우는 짱아

짱아는 시방
노란 풍선이다.

인사

등꼿길 큰길에서
곰보 아짐을 만났다.

울퉁불퉁 얽은
어둔 얼굴 보다가
엉겁결에 지나쳤다.

하꼿길 마을에서
윤식오빠를 만났다.

서울물 먹은
환한 얼굴을 보니
절로 웃음이 나왔다.

곰보 아짐께
인사를 못 드린
짱아 맘이 걸린다.

엄마는 아짐께
"누에 잘 크지요?"
딴 것도 물으시는데

곰보: 얼굴이 얽은 사람.

도라지 꽃망울

뒤뜰 도라지밭
짱아가 꽃망울을
터트리고 있다.

‘톡’하고 터질 때
세 손끝은
찰떡 맛을 느낀다.

맘까지 쫀득해지는
찰진 감촉에
눈을 감는 짱아

지켜보던 엄마가
도라지꽃처럼
하얗게 웃는다.

내일 손맛을 위해
꽃망울 몇 송일
아껴두는 짱아

감나무 오르기

눈 심심한 짱아가
감나무를 오른다.

꼭대기에 올라서니
절구질하는 아줌니
허리춤이 보인다.

봤어도 못 본 척
먼 제봉산을 본다.

발 심심한 짱아가
감나무를 오른다.

감나무 사정 봐주며
가지 잡고 두 발 굴러
오르락내리락 한데

감나무 밑 달언니가
장대로 콕콕 히히
발바닥을 쑤셔댄다.

"좀 그러지 마!"

두 고모

멋쟁이 두 고모가
제사 지내러 왔다.

날씬한 큰고모
뚱뚱한 작은고모

바닷가 큰고모는
댓돌만 한 생선을
대야에 담아 이고

산마을 작은고모는
새끼줄에 고기 묶어
달랑달랑 들고 왔다.

일하면서 웃기는 큰고모
놀면서 웃기는 작은고모

짱아는 두 고모가
웃겨서 좋다.

제사 준비

유탕 작은고모가
'야옹' 쌈을 걸면
목포 큰고모는
'멍멍' 짖어 쫓는다.

'야옹'과 '멍멍'을
코 벌렁 아버진
소가 닭 보듯 하고

바쁜 엄마만 살피는
효녀 달언닌
손 놓은 두 고모를
홀로 끙 미워한다.

맏며느리 엄마는
음식 준비하느라
여념이 없고

심부름꾼 짱아는
부엌문 앞에서
흐 구경 중이다.

영령 발자국

제상 치우던 엄마가
잠 깬 짱아를 불러
보게 한다.

쟁반 쌀 위에 찍힌
새 발자국 모양의
영령 발자국들

"밤사이 조상님이
다녀가셨구나!"

날짐승이 한밤중에
대청으로
날아들 리 없다.

오싹해진 짱아는
제사상 심부름을
잘했는지 돌아본다.

쑥스러움

이른 아침 짱아가
제사음식을 들고
탱자골목을 돈다.

일 년이면
일곱 번 돈다.

고마워하는 아짐들
쑥스러워
눈길 피하는 짱아

두 오빠는
쑥스러움이 뭐해
심부름을 안 간다.

짱아가 있는 한
죽어도 절대로

짱아가 쑥스러움을
견디는 것은
탱자골목 밥상들이
걸어지기 때문이다.

햇볕의 마술

해 뜨는 아침 마당

널린 생풀 옆에
시든 공이 뒹굴
쭈글쭈글
딛고 서기 편한 공

해 지는 저녁 마당

널린 건초 옆에
싱싱한 공이 뒹굴
탱글탱글
놀이하기 좋은 공

햇볕은 낮 동안
풀의 생기는 쪽 빼고
공은 빵빵 살려 놨네.

뻥이요!

튀밥 장수가 나타나
마을길 공터에서
튀밥을 튄다.

쌀자루랑 뛰는 짱아
벌써 튀밥 튀려는
기다림 줄이 길다.

그늘 없는 땡볕 공터

장작불에 기계 돌리는
비지땀 줄줄 아저씨
늘어선 자루 옆에
쪼그려 앉은 아이들

땡볕을 탓하지 않는다.

먼 그늘은 거기 두고
당겨진 순서 기뻐하며
함께 더위를 견딘다.

아저씨가 일어나
'뻥이요!'를 외치면
귀 막고 도망가는
히히 까만 아이들

누구네 튀밥이든
'뻥이요!'는 기쁘고
아저씨는 돈을 번다.

고무신구두

신작로 흙길에
아스팔트가
까만 신사복처럼
번지르르 깔렸다.

하굣길 애들이
길가에 주저앉아
까만 고무신으로
구두를 만든다.

뙤약볕에 녹은
쫀득한 아스팔트를
뾰쪽 돌에 묻혀
신바닥에 붙이면

고무신구두!

지은 구두를 신고
또각또각 살래살래
짱아도 명주도
어엿한 숙녀가 된다.

다섯 발 못 가서
떨어져 나간 돌굽
호호호 주저앉아
다시 붙인다.

집엔 언제 가려나?

가뭄

들깻잎도 바삭
벼 이삭도 바삭
아버지 입술도 바삭

구름 없는 하늘엔
무심한 뙤약볕만
오늘도 작렬하다.

뒤집힌 호두나무 잎
매미 소리마저
메마르고

저수지 바닥 개흙 속
미꾸라지의 하루가
위태롭다.

아버지가 시무룩하니
물 실컷 마신 소들도
시무룩하다.

개흙: 갯바닥이나 늪 바닥, 진펄 같은 데에 있는 거무스름하고 미끈미끈한 흙.

물 떠오기

더운 점심때면
동네 곳곳 우물로
물 뜨러 가는 짱아

오늘은 문수네 집
마중물 붙고
찌꺽찌꺽 펌프질
쇳내 나는 물맛이다.

샘물 맛 좋기로 소문난
용기네 집으로 달린다.

두레박이 낯설어
텀벙텀벙 수차례에
한 주전자 채워간다.

“어, 시원하다!”
막둥이 더운 발품을
잊지 않는 아버지

모깃불

짱아가 저녁 먹고
외양간 앞에
모깃불을 놓는다.

보릿대에 불 지펴
생풀을 덮으면
꾸역꾸역
연기가 난다.

키질로 연기를 몰아
뭉실뭉실
소들에게 보낸다.

소들도 다 안다.
연기에 모기가
줄행랑친다는 걸

모깃불: 모기를 쫓기 위하여 쑥 따위의 풀을 태워 연기를 내는 불.

소꼴

소들이 꼴을
냄새 씩씩 맡다가
주둥이로 흩트린다.

논둑서 벤 꼴엔
보나 마나 분명
농약이 묻어있다.

아버지가 다시
숲속 풀을 베어
한가득 지고 온다.

줄에 묶인 소들이
어화둥둥!
마중 나가 맴돈다.

향긋한 숲속 풀
먹으면서도
흥분하는 소들

바지게 소꼴에서
칡넝쿨을 찾아
짝짝 씹는 짱아

"우린 친구야."

빠삭한 강가

애들은 강가를
빠삭하게 안다.

물풀 속엔 새우
개흙 속에 자라
돌 틈엔 붕어

이쪽 바닥은 모래
그 바닥은 자갈
저 위쪽은 진흙

멱 감다 목마르면
건너편 샘물 찾고

멱 감다 배고프면
강둑 그 언저리
띠 뿌리 캐 먹는다.

띠: 볏과의 여러해살이풀. 삘기라고 하는 어린 꽃이삭은 단맛이 있어 식용하고 뿌리는 약용한다.

고무신

물고기 잡을 때
고무신은 통발
물고기를 둘 때
고무신은 어항

한 짝을 구부려
다른 짝에 꽂으면
고무신 나룻배
뒤축을 홀랑 까면
슬리퍼가 된다.

벌 잡을 때
고무신은 채집망
흙 퍼 나를 때
고무신은 손수레

빙빙 돌리다가
바닥에 팽개쳐도
안 삐지고 통! 서는

고무신은
너그러운 친구

자라

강에서 오빠들이
영물인 자라를
덥석 잡아왔다.

제 살던 곳으로
"다시 갖다 놔라!"

아버지 명을 어기고
뒤뜰 우물에 넣는
똥고집 오빠들

짝 없어 외로울 자라
우물이 비좁을 자라
뭘 먹고 사나?

잊고 산 어느 날
자라가 없어졌다.
어디 갔을까나?

부모님께서도
자라 집을 아실까?

강 건너
너부죽한 돌 밑
한적한 그곳

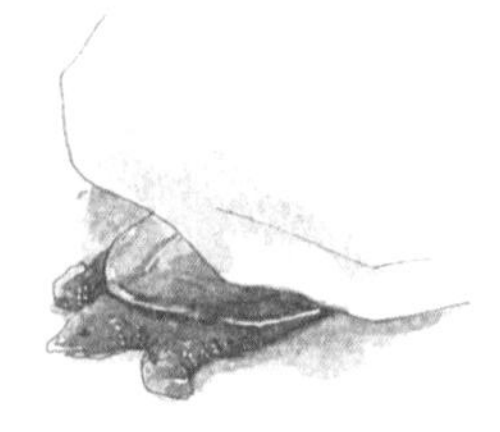

영물: 신령스러운 동물이나 물건.

길동오빠

태풍 장마 후
물살에 쓸려가는
잉어를 잡기 위해

작살 든 길오빠가
황룡강 보 위에
우뚝 서 있다.

거센 물살을 견디는
오빠의 깡다구

보를 넘는 잉어를
단 한 방에 꿰는
매서운 집중력

잡은 잉어를 들고
흐 기뻐하다 곧
수줍어지는 오빠

용감한 길오빠는
붉은 초원에 살아도
식구를 배부르게 하리

깡다구: 악착같은 기질이나 힘.

밤고기 잡기

한여름 밤
풀벌레 합창을
족대로 지휘하며

짱아가 달언니랑
밤고기 잡으러 간다.

강의 보를 넘으려
몰려든 물고기떼

족대로 쓰윽 밀면
으다다닥 잡힌다.

구물구물 파닥파닥
족대질 서너 번에
양동이 한가득

족대 그만 던져두고
물 튕기며 물러서는
언니 장난 잡으러

미끌미끌 쫓아가는
물귀신 짱아

밤고기: 밤에 잡는 물고기.

언니 지키기

오빠들이 돌 던진다.
달언니가 데이트 중인
어둔 정자 마당으로

입맞춤 같은 것은
꿈도 꾸지 말라는
경고의 돌멩이다.

오빠들이 삐꾹 댄다.
정자가 내다뵈는
도랑다리 위에서

"삐꾹삐꾹"
우리가 보고 있어 누나

데이트 끝날 때까지
돌 던지고 삐꾹대서
언니 지키는 오빠들

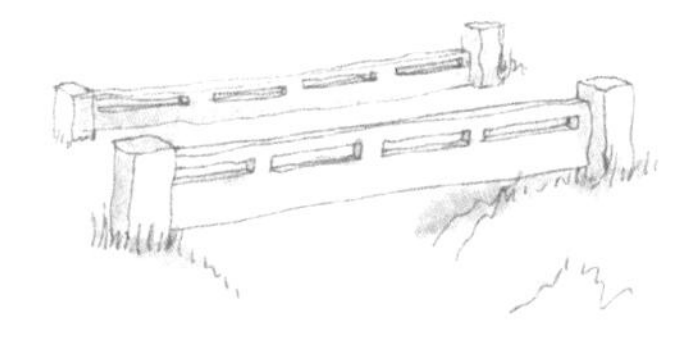

정자: 경치가 좋은 곳에 놀거나 쉬기 위하여 지은 집. 벽이 없이 기둥과 지붕만 있음.

아버지 지키기

도로보다 낮은 집
내려다보이는 집
노래쟁이네 집

그 집에서 아버지가
나긋나긋 아줌니랑
술 마시고 계시다.

방문 닫힌 옴팍 집
방안이 걱정된다.

지오빠가 달려와
담을 잡고 외친다.
"아버지, 집에 갑시다."
대답 없어 돌아간다.

길오빠가 조심스레
담을 잡고 외친다.
"아버지, 집에 갑시다."
기척 없어 돌아간다.

달언니가 총총 와
방문만 내려다보다
근심스레 돌아간다.

막둥이 짱아는
안 봐도 다 안다.

착한 아버진 시방
가게도 없는 아짐
술 팔아주고 대신
시조 듣고 계신다.

총총: 발걸음을 아주 재게 떼며 서둘러서 급히 걷는 모양을 나타내는 말.

동네 방송

옆집 감나무에 묶인
스피커가 살아난다.

새마을 노래가 끊기고
"아아, 동민 여러분!"
꼬마구장 목소리다.

뒷마당
짱아는 세수하다 말고
아버진 소죽 푸다 말고
엉거주춤 서 듣는다.

앞마당
머리 긁던 메리도
먹이통 치받던 소들도
동작 그만! 집중한다.

"울력 있습니다."

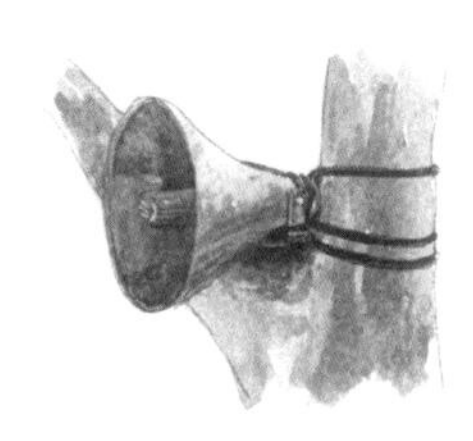

울력: 여러 사람이 힘을 합해 하는 일. 한 집에 한 명씩 의무적으로 나와 돈을 안 받고 일한다.

울력

울력 시각을 알리는
장엄한 징소리가
마을길에서 난다.

지이잉 지이잉

길오빠가 나가는데
지오빠는 덤으로
짱아는 그냥 나간다.

시끌벅적 마을길엔
울력꾼보다
구경꾼이 더 많다.

오늘 울력은
도랑에 쌓인 흙을
강변에 부리면 된다.

부지런한 손
웃는 눈이 많아
울력은 놀이처럼
아따, 쉽게 끝난다.

꼬마구장

키 작은 꼬마구장은

늘 멜빵바지에
장화 신고
마을일을 본다.

세련된
서울 말씨로
마을방송을 하며

누구에게나
밝은 얼굴로
인사를 건넨다.

"짱아, 안녕!"

키 작은 꼬마구장은

웃어른을 존경하고
힘들 때도 웃겨서
천년만년 구장이다.

초가지붕

장화 신은 꼬마구장이
여러 차례 다녀갔다.

마을 환경개선 위해
아래채 초가지붕을
개량해야 한다고

난감한 아버진

길에선 안보이니
가축들을 위해
그냥 두고 싶다고

서로 설득 중이다.

덜 춥고 덜 더운
아늑한 초가지붕
이엉을 해 올리면
빛나는 금빛지붕

아버지의 너른 품은
가축들의 보금자릴
원만히 지켜주셨다.

엄마 손

엄마 손에서
강변 밭 풀 내음이
논둑 흙 내음이 난다.

엄마 손을 맡아 보면
오늘 엄마가
무얼 하셨는지 안다.

엄마 손에서
따가운 꺼끄러기가
뻣뻣한 멍석이 느껴진다.

엄마 손을 만져보면
시방 엄마가
얼마나 고된지 안다.

꺼끄러기: 벼나 보리 따위의 수염 또는 그 동강.

모시풀 잎

짱아가 윗동네로
모싯잎 따러 간다.

엄마끼리 아는 집
돌담 밑 키다리 모시
깻잎의 사촌 모싯잎

한잎 두잎 따는데
낯선 애들이
'누구지?'
쳐다본다.

몰래 따는 게 아닌데
몰래 따는 얘가 된다.

푸르른 모싯잎을
붉게 따는 짱아
'이젠 안 올 거야.'

툇마루에 탕 놓인
무색 당한
모싯잎 한 바구니

한복 치마

모란꽃이 성기게 핀
보드라운 연두 치마

설날엔 치렁하더니
추석엔 댕강하네.

쑥쑥 자란 짱아 키에
빙그레 된 엄마

추석 후 한복 치마로
재봉틀 보 만드시네.

댕강: 치마나 바지 따위가 어색하게 짧은 모양을 나타내는 말.
보: 물건을 싸거나 씌우는 데 쓰는 네모지게 만든 천.

맛

고소한 올벼쌀은
으응, 아버지 맛
담박한 삘기는
으응, 엄마 맛

푸근한 해언닌
아카시아 한줌 맛
눈 찡긋 별언닌
샐비어 똥꼬 맛

배시시 달언닌
찔레 순 연한 맛

숲속 칡뿌리랑
아이셔 싱아는
음냐, 오빠들 맛

이 맛 저 맛에
산들바람 짱아는
늘 냠냠 춤을 춘다.

서리

간밤에 길오빠가
뒷담을 넘었나 보다.

뒷집 텃밭 과일이
엉큼한 골방에
소복이 쌓여있다.

큼직한 우량종
단감·배·호두

담 밑 발자국 보면
오빠 짓이 뻔한데

점잖은 뒷집 어른은
수년째
아무 말씀 없으시다.

우량종: 뛰어나게 좋은 씨앗이나 품종.

모른 척

오빠들이
학교 창틀 쇠로
썰매 만들어도

오빠들이
뒷집 단감을
매년 서리해도

오빠들이
공부 안 하고
몰래 만화 봐도

어른들은
늘 모른 척
눈 감아 주신다.

짱아도 따라
모른 척
눈을 감는다.

꽁초아저씨

꽁초아저씨가
그의 어머니를 쫓아
마을길을 달린다.

맨발로
괴성 지르며
거칠게 내달린다.

비녀 빠진 채
황망히 쫓기는
그의 늙은 어머니

다들 숨죽여
보고만 있을 뿐
어쩌지 못한다.

감옥 살다 온 아저씬
그의 어머니께
화풀이한다고 한다.

'그러지 말지.'

황망히: 당황하여 급하고 어리둥절하게.

우완아재

짱아네 살았던
우완아재는
눈이 크고 예쁘다.

짱아네 아버지는
감옥 살다 온
우완청년에게
일자리를 주었고

착한 우완아재는
아버지를 우러르며
힘써 일해 장가들고

눈이 예쁜 애들을
여러 명 낳았다.

철부지 짱아

앞집 작은방으로
김 선생님과 모모가
먼 데서 이사 왔다.

던져진 장난 펜에
한쪽 눈이 실명된
짱아 또래 모모

동네 친구들이
담 너머 모모를
아프게 놀린다.

“애꾸!”

안대 두른 모모가
토담 너머로
성난 흙을 던진다.

철부지 짱아도
반격하는 모모에게
메롱 똥을 싸댄다.

얼마 후 모모는
먼 데로 이사 갔다.

이상한 꼬마

탱자골목 블록담엔

날다람쥐 짱아가
하 오르내려 생긴
발 구멍들이 있다.

도-미-솔 순으로
작아지는 구멍들
랄라 온음표 같다.

담에 걸터앉은 짱아
앞집 단수수대 보며
부러운 침 꼴깍

저편 외양간 소들이
맨날 담에 오르는
'이상한 꼬마야'
그러든 말든

짱아는 먼 하늘로
휘파람 불어
말구름을 부른다.

벽오동나무

하굣길 애들이
읍사무소 앞마당을
사정없이 달린다.

벽오동나무 열매인
쭈글쭈글 오동자를
더더더 줍기 위해

헉헉 달려온 짱아
봉황이 깃들 나무
신선들의 열매를
다섯 잎 주웠다.

까먹긴 너무 작아
탁 털어 넣고
씹다 퉤!

오동자의 고소함에
남은 길은 날아간다.

오동자: 벽오동나무의 열매. 팥알 크기의 씨앗이 돛단배처럼 생긴 열매의 가장자리에 달려 있다.

영특한 소

– 짱아가 태어나기 전

(1950년대)

마을을 점령한 적군이
집집마다 식량을
징발하러 다닌다.

아버진 소를 얼른
뒤뜰 나뭇가리 뒤에
묶어 숨겨 놓았다.

빈 외양간을 본 적군이
나뭇가리 옆 볏단에
화풀이 불을 질렀다.

불길이 번져가면
소가 버둥거릴 텐데

식구들 애가 타는데
하늘이 돕는다.
볏단을 태운 불길이
시나브로 꺼져간다.

영특한 소는
자신의 위길 아는지
불과 연기에도
꿈쩍하지 않는다.

징발: 전쟁, 사변 때 군사상 목적에 따라 민간의 물자를 강제로 거두는 일.

이삭줍기

– 짱아가 태어나기 전

(1950년대)

꼬마둥이 세 언니가
보리밭으로
이삭 주우러 간다.

보리이삭 줍다가
꾀가 난 언니들

성한 보릿단을 풀어
바구니를 채운다.

그 모습을 지켜본
장구배미 아저씨가
아버지께 일렀고

언니들의 약은꾀는
나무 밑동에 묶이는
꼼짝 마! 벌을 받았다.

그때도 젊은 아버진
언니들 몰래
킁킁 웃으셨을 거야.

이삭줍기: 농작물을 거두고 난 뒤, 땅에 떨어진 낟알이나 과일, 채소 따위를 줍는 일.

저수지 터졌다!

– 짱아가 태어나기 전

(1950년대)

늦여름 장맛비가
열흘 넘게 내렸다.

홍수로 마을 위쪽
저수지 둑이 터질까
동민들 맘이
자나 깨나 불안한데

"저수지 터졌다. 대피하라!"
빗속 고함 소리가 들려

꼬마둥이 언니들은
책보 끼고 날아가고

아버진 소를 몰고
만삭인 엄마는
재봉틀 머리를 이고
급히 뒷산에 올랐다.

터져 나올 물을
암만 기다려 봐도
감감무소식!

고함 소리 밝혀보니
'소 놓쳤다. 소 잡아라!'
요것이 장대비 속에서
캐갱, 둔갑했단다.

만삭: 아이 낳을 달이 다 참. 둔갑: 모습이나 성질이 변함.

짱아와 바람

꽉 입술 문 짱아가
바람개비를 들고
긴 강둑을 달린다.

시방 짱아는
안 보이는 바람을
두 쪽 내고 있다.

좌르르 좌르르

구경꾼 호박들이
덩기덕! 춤을 춘다.

팍 다리 풀린 짱아가
가오리연을 끌고
언 논바닥을 돈다.

시방 짱아는
나 몰라라 바람에게
통사정 중이다.

질질질 질질

구경꾼 전선들이
힝힝 밉게 웃는다.

소죽 쑤기

놀다 늦은 짱아도사
휘리릭 마법을 쓴다.

여물 들고 휘릭
물통 들고 휘릭
겨 바가지 휘릭

눈 깜짝할 사이
소죽 쑬 채비하고
라디오 켜고 앉아
점잖게 불 지핀다.

어린이 방송 시작

흐흐 괴이한 웃음
악당 해골 13호
마루치와 아라치가
납작코로 만든다.

어린이 방송 끝

구수한 소죽 내음
한 사발 퍼먹고 싶은
배고픈 짱아도사

납작코가 되다: 체면, 자존심 따위가 손상되다.

소죽 쑨 숯불

달걀 속은 쪽 빼먹고
빈껍데기에
씻은 쌀을 넣어
소죽 쑨 숯불에 찐다.

구산 밭에서 캔
고구마도 굽는다.

고슬고슬 익은 밥
씹을수록 고소하다.
동생 있으면 좋겠다.

고구마를 꺼내는데
기웃거리는 메리
짱아 눈치를 본다.

뜨거운 고구마를
물었다 놨다
촐랑 까부는 메리

배부른 겨울이
배 통통 깊어간다.

불이야!

뒤뜰 작은 부엌에서
소죽 쑤던 짱아가
뒷간 다녀온 동안

아궁이불이 땔감
보릿대로 번져
활활 타고 있다.

불이야!
외쳐봐야 빈집

우물로 달려 두레박질
급한 맘을 퍼 담아
불길을 잡았다.

귀가한 부모님은
그을린 기둥 보고
아무 말씀 없으시다.

엄마의 젖은 눈은
'이만하길 다행이다.'
아버지의 굽은 등은
'막둥이가 놀랐겠다.'

죄송을 물고 선 짱아
조심할 것을
스스로 다짐한다.

받듦

아버지는 소들을
상전처럼 받든다.

향긋한 꼴 먹이고
빗으로 삭삭 빗겨
짚을 깔아 재운다.

추울까 입혀 준 덕석을
서로 뜯어 먹어버리면
새로 지어 입힌다.

아버지는 원수를
형님처럼 섬긴다.

전쟁 당시 밀고로
아버질 위험에 빠뜨린
고향 강대아재께
때마다 잘해드린다.

아버지의 받듦은
모자람에 대한
깊은 돌봄일지도

덕석: 추울 때 소의 등을 덮어 주기 위해 멍석처럼 만든 것.
아짐: 남몰래 넌지시 일러바침.

봄동 서리

짱아랑 명주가
토끼 먹이풀 찾아
겨울 강가로 간다.

강변엔 진보랏빛
냉이·망초·꽃다지가
땅에 붙어 자란다.

망태는 채웠는데
남의 밭 봄동에
자꾸 눈길이 가고

발길이 절로 간다.
아삭한 봄동 뿌리
음냐 겨울 맛이다.

푸른 봄동 잎은
남은 양심인 양
밭이랑에 박아두고

짱아랑 명주가
우린 몰라요!
마을길을 지난다.

봄동: 노지에서 겨울을 보내어 속이 들지 못한 배추.

썰매

짱아가 썰매를 만든다.

각목에 쇠를 대고
판자 대면 썰매
뚝딱뚝딱 딱딱

둥근 막대에
철길에서 눌려 온
납작 못을 박으면
썰매막대 뚝딱딱

썰매든 짱아가 서있다.

겨울 강둑 위
깨진 눈사람처럼
강을 보며 우두커니

폭군 썰매들의 질주
송곳 막대들의 막춤
금이 쩍 간 얼음판

겁쟁이 짱아가 돌아선다.

집 앞 눈밭에서
메리랑 썰매 타는 게
낭낭낭 좋을 듯하다.

눈밭

눈밭은 울퉁불퉁해
썰매가 안 나가니

눈 사진이나 찍자.
벌러덩 누워 꾹
몸 도장 찍는 짱아

'누가 좀 일으켜 주지.'

그럼 완벽해질 텐데
메리는 힘이 없고
하늘은 뚱 멀다.

엉덩이가 뭉개진
눈 사진 속 짱아
흐흐 거인 같다.

눈사람이나 만들자.
굴릴수록 부쩍쩍
커지는 눈덩이

눈덩이에 걸려든
꽃핀은 메리 꽂고
반지는 짱아 끼고

동그란 감꼭지로
눈사람 눈을 틔워
아기를 보여주자.

한밤중

겨울 한밤중
메리가 아까부터
컹컹 짖는다.

바람 소리뿐인데
뭘 보고 짖을까?

혹 손주가 보고픈
조상님의 혼령?
바람의 발?

부모님도 분명
깨어계신 듯한데
어둠 되어 계시다.

세 집 건너
청기와 집에서
통곡 소리가 난다.

아흔아홉 살
갈미할머님이
돌아가셨나 보다.

메리들

짱아네 개 이름은
대대로 메리다.

죽을 때까지
자유롭게 사는데

메리들은 슬프게도
동네 논밭에 놓인
쥐약 먹고 죽는다.

쥐약 먹은 메리는
집으로 달려와
컹컹 울부짖다
털썩 쓰러진다.

두려움 속 짱아
메리 옆에 앉아
마지막을 견뎌준다.

"으잉, 먹지 말지."

그 시각 왜

저녁 마당 짱아가
작은방으로 간다.
갑자기
거울이 보고프다.

거울 앞에 쌓인
두툼한 솜이불
산모 별언니의 이불

이불에 무릎 댄 순간
아찔해진 짱아
허둥지둥
이불을 허문다.

아기가,
빨간 갓난아기가
이불 무게에 눌려
울지도 못하고
땀 뻘뻘 사투 중

조카를 구해 안고
튕겨 나간 짱아
입이 딱 굳어
두 눈만 휘둥글

그 시각 짱아는
갑자기 왜
거울이 보고팠을까?

경지정리

수백 년 토끼들판
논 모양이 바뀐다.
구불구불 다랑논이
시원한 긴 네모로

구경나온
오빠가 흐 웃는다.

수로가 쭉쭉 놓여
물 다툼이 적어지고
농로가 드넓어져
지게질 일이 줄겠다.

경지정리를 돕던
아버지가 하 웃는다.

할미꽃 옛 언덕이
간곳없어 아쉽지만
코스모스가 피어나
잠자리를 부를지도

지나가던
짱아가 힝 웃는다.

대보름날 밤

서너 무리 애들이
시끌벅적 동네 돌며
오곡밥을 얻는다.

들뜬 꼬마 손님들의
밤길 밝히는 달님은
화장한 듯 예쁘고

동네 개들은 짖느라
모처럼 왕왕 즐겁다.

“오곡밥 좀 주세요!”
명랑한 구걸 타령에
대문 삐꺽 밥 듬뿍
뒷집 밥은 색도 곱다.

오곡밥은 집집마다
색과 맛이 달라서

고운 밥을 다투니
친구들 손이
갈퀴처럼 엉킨다.

산골 소년

산골에 다녀온
아버지를 따라
한 소년이 왔다.

팔다리가 길고
얼굴이 흰
단정한 소년이다.

집안일 거들면
학교 보내준다고
데려왔다 한다.

동갑인 짱아는
붕 설레고
붉어진 소년은
짱아가 걸린다.

저물도록 마루의
맷돌처럼 앉았던
소년이 사라졌다.

마루의 빈자리를
보고 또 보는
아쉬운 짱아

삘기

봄이 내린 언덕에
물오른 삘기가
여기저기 쏙쏙

입 벌어진 짱아가
싱그러움을
뽑는다. 쑤욱

순순히 뽑혀주는
말 잘 듣는 삘기

손톱 창을 내고
은백색 알맹일
물어 빼먹는다.

상큼한 언덕 맛

한 움큼 뽑아다가
알맹인 냠냠 먹고
껍질은 토끼 준다.

피리 소리

짱아가 보리피리를 분다.
"뚜우 뚜우"
말하고 싶은 풀꽃의 소리

문수가 풍선피리를 분다.
"빽엑 빽엑"
학교 가기 싫은 심통 소리

송하가 버들피리를 분다.
"삐리 삐리 삐리리"
부자 되고픈 먼 미래 소리

책벌레

짱아는 뭐든 읽는다.
농민신문, 영수증
가정백과사전까지

오빠들 수학책 빼곤
집에 있는 책들은
거의 다 읽었다.

'서유기'
'공산당이 싫어요!'는
그림 그릴 수 있다.

친구네 금박 전집을
구경하고 온 짱아

토방에다 푸우푸
부러움을 내뱉다가
괜한 시비를 건다.

"메리, 너 책 살 돈 있어?"

토방: 처마의 물 떨어지는 지점에 돌이나 벽돌로 단을 지어 마당과의 경계를 구분하는 흙바닥.

그리운 이승복

책 속에서 만난
산골 소년 승복이가
짱아는 늘 그립다.

승복이가 잡았다가
놔 준 아기노루는
어찌 되었을까?

우산 없는 승복이가
바라봤을 비 내리는
교문이 보고프다.

옥수수 까는 동생들
고사리손이 그립고

공비에게 찔리고도
살아난 승복이 형의
안부가 궁금하다.

짱아의 마음 벽엔
승복네 운두령 길이
그림처럼 걸려있다.

고전문학전집

벙 벌어진 짱아 입
언제 닫힐까나?

언니가 달언니가
금박전집 12권을
광주 가서 사 왔다.

서점에서 해묵어
겉 곽은 낡았으나
속은 말끔한 재고품

“메리야, 나 건들지 마.”

독서에 빠진 짱아
꾸러기 달언니가
옆구리 콕 찔러댄다.

꽉 다문 짱아 입이
다시 벌어진다.

“그러지 좀 말라고.”
눈 째지게 흘겨도
달언니가 고맙다.

내민 꽃

서동이가
풀밭에 누워
흰 구름을 본다.

뭉게구름 속
동그란 푸른 하늘은
누군가의 눈이 된다.

말구름의 힘찬 눈
고래구름의 작은 눈
아기구름의 아픈 눈

자운영 꽃 한 송일
아기구름에게
내미는 서동이

까르르 까르르
흩어져가는
아기구름의 아픔

내민 꽃은
누군가의 웃음이 된다.

시멘트 공장 트럭

바위 실은 트럭이
신작로를 질주한다.

흙먼지 일으키고
꺼먼 방귀 뿡뿡
버릇없이 달린다.

전투기 폭탄처럼
거리로 떨어지는
트럭 짐칸 돌들

나무 뒤로 피해선
할머님의 눈빛에
실망이 가득하다.

'살살 좀 달리지.'

악당 트럭

달리는 트럭에서
달언니가 뛰어내려
머리를 다쳤다.

집 바래다준다는
상냥한 차를 탔다가
안 내려줘서 탈출!

그 트럭은 분명
악당 해골일 거야.

성난 눈 짱아가
트럭을 노려보며
병실을 찾는다.

머리에 붕대 감은
언니가 말을 한다.

'이만하길 다행이야.'

새벽 강가

아버지가 강변 밭에 갔다가
낯선 젊은이를 데려온다.

아무도 누구냐고 묻지 않는다.
메리도 짖지 않는다.
엄마는 수저를 더 놓을 뿐

아침을 얻어먹은 젊은이가
공손히 인사하고 떠난다.

아무도 사연을 묻지 않는다.
이후 그가 새벽 강가를
서성대지 않길 바랄 뿐

동화 같은 시간

강변 자갈 많은 밭

늙은 아비는 괭이로
굳은 땅을 파내고
어린 막내딸은
자갈을 고른다.

막내가 어리광 섞어
곤한 아비를 조른다.
"노래 가르쳐줘."

아비가 선창하고
막내가 따라 한다.
"타향살이 몇 해던가~"

아비의 낡은 괭이가
불끈 강박을 넣고
막내가 줍는 자갈이
따닥 약박을 넣는다.

"하늘은 저~쪽."

늙은 아비와 막내의
동화 같은 시간이
황룡강 따라 흐른다.

침묵

네모 가방을 길게 멘
낯선 아저씨가 가시자
짱아가 아버지께 여쭌다.

"누구세요?"
"문중 사람이란다."
"우리 양반이에요?"
아버진 대답 없다.

매년 정초면
점 보고 온 엄마가
식구 점괘를 전한다.

"엄마, 나는?"
엄마는 대답 없다.

양반과 점괘에 묶인
알고픈 짱아 맘이
단박에 풀려난다.

'몰라도 되나 봐.'

아버지의 등

짱아가 아버지를 조른다.
전과를 사주시면
우등상 타오겠다고

아버지가 자전거 타고
읍내 서점에 가신다.

가시는
아버지의 굽은 등에
흐뭇함이 꽉 차있다.

짱아가 전과를 읽는다.
읽다 보면 재미 붙어
절로 다 외워진다.

짱아가 우등상을 받았다.

보시는
아버지의 굽은 등에
기쁨이 꽉 차있다.

최대공약수와 최소공배수

산수시험을 치르고
중간체조 나가는
짱아 속이 까맣다.

최대공약수와 최소공배수
구하는 법이 헷갈려
시험 내내 애가 탔다.

두 방법이 바뀌면
영점이다.
고민 고민하다
아 몰라 찝 풀었다.

체조하는지
노를 젓는지
배짱 없어진 짱아

들어와 확인하고
천장 보고 웃는다.
운이 좋았다.

훗날 선생님이 되면
이 둘 차이를
응가 싸듯 힘주어
명확히 가르치리라.

중간 체조: 건강을 위해 2교시 끝나고 전교생이 운동장에 나가서 하는 체조.

학력장

전체 삼등까지 받는
노란 배지 '학력장'

짱아는 학력장 배지를
학교에선 규칙상 달고
하굣길엔 슬쩍 뗀다.

짱아는 아버지 빼고는
누구든 언제든 자신을
보지 말기를 바란다.

배지 뗀 빈 가슴을
아버진 알아보실까?

그랬으면 좋겠다.

학력장: 성적 우수 어린이에게 주어졌던 배지.

콜라와 사이다

봄가을 소풍 때면
공주는 비싼 콜라를
옹주는 사이다를 사온다.

짱아는 김밥만 덜렁

공주가 콜라 뚜껑을
이빨로 물어 따면
싸한 거품이
아깝게 넘친다.

한 모금 마시고 싶다.

옹주가 사이다를
아낌없이 마시면
시린 방울이
퐁퐁퐁 솟는다.

한 모금 마시고 싶다.

짱아는 오늘도
밍밍한 김밥에
부러움만 마셨다.

거지커트

등굣길 어린이들을
지도해야 하는
교문 주번인 짱아가
수로에 숨어있다.

망해버린 머리를
다리 사이에 처박고
지도 끝나길 기다린다.

마른 수로 바닥에
그림을 그리는 척
눈길 피하는 짱아

밖 상황을 살피려
살짝 고개 들다가
친구 눈과 마주쳐
머릴 들켜버렸다.

"앗, 남자애 같다!"

거지커트: 1970년대 유행했던 짧은 머리. 거지들 머리와 비슷하다 해서 붙여진 이름.

거꾸로 보는 세상

삼반 차 선생님은
코딱지 짱아만 보면
발목 잡아 거꾸로 든다.

사돈아가씨인 짱아를
어찌 그리 뒤집는지
어질어질 빙글빙글

남자애들이 킥킥대서
대롱대롱 짱아는
늦가을 홍시가 된다.

어서 내려지고 싶다.
거꾸로 보는 세상은
어지럽고 부끄럽다.

가정방문

마당에서 애들이랑
숨바꼭질하는데
선생님이 오셨다.

엄마야! 우르르
골방으로 숨었다.
심장 뛰는 소리들

우린 왜 숨었지?

터진 왕겨 베개로
얼굴 가린 우리를

흐흐흐 선생님이
술래처럼 찾는다.

다 들켜 불려 나온
먼지 풀풀 우리를

하늘 같은 선생님이
꽃 보듯 반기신다.

왕겨: 벼 껍질. 옛날에는 베개 속 재료로 왕겨를 이용함.

학부모회의

네 명의 어린이들이
엄마를 모시러
되돌아간다.

집에 가봐야 엄마는
밭일 가셨을 테니
회의에 못 오신다.

네 명의 어린이들이
귀가를 접고
빈집에서
콩 튀듯 논다.

내일 선생님께
혼날 일이 갑갑해도

오늘 당장은
깨소금 맛이다.
통통 통통

육성회비와 저금

육성회비를 못 가져왔다.
엄마가 다음에 주신단다.

선생님 뵐 면목이 없다.
주실 것이면 빨리 주시지.

저금할 돈을 못 가져왔다.
엄마는 저금 돈은 안 주신다.

친구들 보기에 창피하다.
'으잉, 좀 주시지.'

육성회비: 학부모가 학교의 운영에 필요한 재정을 돕기 위하여 수업료와는 별도로 내는데 학생의 납입금에 포함되어 있다. 초등학교는 1972년에 농어촌 지역에서부터 단계적으로 폐지하여 1997년부터는 전면 폐지하였다.

눈 좀 봐!

반 친구 금화는
짱아만 보면 외친다.

"아우, 저 눈 좀 봐!"

소심한 짱아는
분명 칭찬이건만
쏘옥 졸아든다.

반짝대는
까만 인형 눈
옆 반 애도 구경 온다.

구경감이 된 짱아
낭패감에
화끈 열이 난다.

그런 날 짱아는
집 거울과 싸운다.

"그래서 어쩌라고?"

해바라기

해바라기를 그린
짱아 동시가
신문에 실렸다.

“담 밑의 해바라기
수줍어 수줍어서
해님을
바라보지 못하네….”

상품 앨범이 오고
펜팔 편지가 늘고
친구 시샘이 솟고
어리둥절한 짱아

상품을 전하며
가을 햇살처럼
환히 웃는 선생님

교탁 앞에 선 짱아
수줍어 수줍어서
선생님을
바라보지 못하네.

나침반

짝아는 준비물인
나침반이 없다.

철난 짝아는
돈 드는 준비물은
알아서 포기한다.

선생님께서
짝아에게 북극을
맞춰보라신다.

나침반을 처음 본
짝아가 헤맨다.
이리저리 뱅뱅

자리에 들어와
한숨 쉬는 짝아

'오빠네 과학실엔
나침반이 없었을까?'

보리 그을음

큰길은 저기 두고
보리밭 샛길로 가는
하굣길 꾸러기들

통통한 풋보리가
궁금한 입들을
보리밭으로 끌었다.

넌 솔가리를 모으고
난 보리를 서리하고
모여 불 지펴 굽는다.

구워진 보리모개를
손으로 싹싹 비벼
껍질 훅 날리고
낟알 털어 먹는다.

쫄깃쫄깃 감칠맛에
책가방도 잊고
망보기도 잊은 애들

"네 이놈들!"
밭주인 할배 고함에

검댕 범벅 이히히
걸음아 날 살려라!
보리밭 길을 뛴다.

보리 그을음: 풋보리를 베어다가 그을려서 먹는데 그 맛이 구수하다.
모개: 곡식의 이삭이 달린 부분.

수수께끼

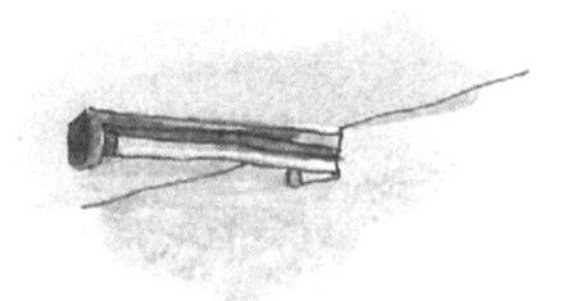

분식집 예쁜 미지는
자기 엄마 몰래
팥죽도 잘 퍼주고
돈도 가끔 준다.

미지네 가겟방은
윗벽에 구멍 내서
형광등 한 개로
두 방을 밝히는데

벽 너머가 궁금하다.

미지네 너른 뒷간은
긴 판자 두 쪽만
덜렁 걸쳐 있어

아무나 못 간다.

친구와 친구 집은
알쏭달쏭한
수수께끼 같다.

빨간 구두

새 구두를 신고
낭낭낭
학교 가는 짱아

복도 신발장 속
빨간 새 구두가
사과처럼 빛난다.

수업시간 내내
구두가 보고픈
실눈 뜬 짱아

구두를 꺼내다
'엄마야!'
물러선다.

구두가 찢겨있다.

시샘쟁이 얼굴이
사납게 떠오르나
그냥 덮기로 한다.

'꿰매 신으면 돼.'

노래 선택

학년 전체 어린이가
그늘에 모였다.

반회장은 나와서
노래하라신다.

2반 회장 변 도령이
'군밤타령'을 부른다.
얼싸 좋아 모두 들썩

4반 회장 고추짱아
'가을맞이'를 부른다.
서리 맞아 모두 시들

멋쩍어 기죽은 짱아
노래 도중 깨닫는다.
선택의 중요함을

부러운 밴드부

세일러복 밴드부가
저만치 앞서
눈부시게 등교한다.

밴드부는 방과 후
악기 연습하고
학교행사 때면
폼나게 행진한다.

밴드부네 집들은
늘 일손이 필요한
농삿집이 아니다.

알아서 철난 짱아
시간 뺏는 활동엔
얼씬도 안 한다.

일 고된 부모님께
밴드부가 부럽다고
말하지 않는다.

보리수 열매

친구 동미가 자기네
보리수 열매를
실컷 따 먹으란다.

나무 밑 벙시레 짱아
점 땡땡 빨간 열매를
기쁨인 양 따먹는다.

달짝지근 떫은맛
기쁨 더하기 기쁨

허겁지겁 따먹으면
손끼리 부끄럽고
아무거나 따먹으면
목이 텁텁해진다.

더 따먹고 싶지만
동미 맘이 삐칠까 봐
배부른 척 나온다

우물 들어가기

심심한 짱아가
물 줄어든 우물을
갸웃 가늠해 본다.

바닥 자라가 보이니
들어가도 되겠다.

두 다리를 짝 벌려
우물 안 돌을 딛고
살살 아래로 살살

아차 헛디디면 퐁당
우물 속에 빠지나
그래 봤자 허리께다.

다리로 중심 잡고
팔 뻗어 우물 속
나비 핀을 건진다.

이제 팔랑나비는
달언니 머리에서
다시 날 수 있겠다.

소나기

소나기가 쏟아지면
짱아 눈은 번쩍
번개가 된다.

마당 가득 널린 벼
지붕 위 고추
열린 장독들
한눈에 싸악 넣고

비호처럼 달리며
걷고 담고 덮는다.

회오리 짱아를
메리는 바삐 좇고
외양간 소들은
안타까워 동동댄다.

들녘 부모님께서
우르릉 쾅 달려오나
잽싼 짱아 덕에
할 일이 없다.

비호: 나는 듯이 빨리 달리는 범.

농약 중독

논에 농약을 치다
급히 들어와
쓰러진 아버지

시린 문종이 얼굴
솟는 식은땀
가물거리는 눈빛

동네 어른 세 분이
농약으로
돌아가셨다.

기둥 뒤에 숨어
아버지를 엿보는
불안한 짱아

호랑이를 만났어도
당당히 살아오신
아버지를 믿어본다.

쓰러진 벼

태풍이 쓸고 간 들판

만삭의 벼들이
속 터지게 누워있다.

사람들이 서둘러
벼를 세우러 간다.

쓰러진 벼들끼리
서너 포기 잡아
함께 묶어 주면

서로
기대어 일어난다.

벼들도 어려울 땐
이웃이 힘이 된다.

어미 닭

마당에 어둠이 내리면
어미 닭은 '곡곡곡'
병아릴 불러 품는다.

어미 닭은 기다린다.
싸릿대 둥근 어리가
어서 벙긋 들리기를

벽에 붙은 언니 껌을
씹고 나온 짱아가
어리를 치켜들자

반가운 어미 닭은
병아리들을 데리고
어리 가운데 든다.

오늘 밤 어미 닭은
족제비로부터
병아릴 지킬 수 있다.

마당 메리는
든든한 지원군이다.

병아리 어리: 병아리 등을 가두어 기르기 위해 싸리나 대나무로 둥글게 엮어 만든 물건.

방공호 설계

전쟁 날까 두려운
짱아는 방학이면
방공호를 설계한다.

뒤뜰 담장 밑에
출구 둘인 호를 파
인민군이 나타나면
뒷집으로 탈출한다.

방공호 속 물품은
찐쌀·물통·손전등
이불·요강·라디오

담장 밑을 파려면
허락이 필요한데
'출구 둘 방공호'도
설계로 끝날 듯하다.

방공호: 적의 공중 공격으로부터 피하기 위하여 땅속이나 산속에 파 놓은 굴이나 구덩이 따위의 시설.
인민군: 북한의 군대.

대청마루

집 가운데 대청마루

성주신을 모시며
제사를 지내는 곳

벽 위 성주단지에서
신령님이 나올까 봐
힐끗 올려 보는 곳

집 가운데 대청마루

문 닫으면 어두워서
속옷 갈아입는 곳

꼬맹이 적 사촌에게
엉덩이 보여주려다
고모께 화들짝 들킨 곳

성주신: 집안을 지키는 신 중 가장 우두머리 신.

양파밭 지키기

짱아가 강변
양파밭을 지킨다.

양파 꽃대 씨앗은
한줌에 삼천 원
금싸라기 값이다.

아까시나무 밑에
동글납작 돌들로
방을 꾸미고 누워

구름 구경하다
인기척엔 일어난다.

멱 감던 애들이
꽃대 꺾어 먹고파
두근두근 들어오다

짱아 눈과 마주쳐
긁적긁적 나간다.

지루한 일

짱아네 온 식구가
멍석에 둘러앉아
양파 씨를 깐다.

말린 양파 꽃송이를
거친 멍석에 놓고
고무신으로 비비면
양파 씨가 나온다.

비비기에 진력난
오빠가 몸을 틀고
양파 냄새에 지친
짱아가 늘어진다.

지구에서
가장 지루한 일
양파 꽃송이 비비기

그러해도
비비고 또 비벼
끝장을 봐야 한다.

고무줄놀이

무릎·가랑이·허리·목
고무줄 높이가 오르면
맘이 점차 단단해진다.

"무궁화 아름다운~"
치마가 살랑대고
고무신이 춤을 춘다.

삭은 고무줄이 떨어질까
실눈 뜬 친구가 웃겨
다리 힘이 빠져가도

죽은 친구 몫까지
악착같이 해내면
친구가 활짝 살아난다.

고무줄 높이가 오르면
맘이 더욱 단단해진다.

긴 줄넘기

심술쟁이 친구가
긴 줄넘기를 돌린다.
'우린 다 죽었다!'

"꼬마야, 꼬마야~"

땅 짚고 도는 사이
줄에 걸어채여
살아남은 꼬마 없다.

리듬 타야 하는데
심술쟁이 친구는
리듬 깨며 돌린다.

꼬마가 만세 부르고
예쁜 미소 지으며
잘 가게 좀 봐 주지.

노래 부르는 집

아궁이 앞 언니는
부지깽이 장단에
떠난 임을 부르고

뒷간에 든 지오빠는
아는 노래 바닥나면
애국가를 개작한다.

고된 날 밤 엄마는
몸 풀고 할랑 누워
낭군가를 부르시고

술 드신 날 아버진
호남가를 부르다가
드르렁 주무신다.

집안 건달 짱아는
저 푸른 초원을
휘파람에 달고 살고

수줍은 입 길오빠는
이 모든 노래를
헤벌쭉 듣기만 한다.

엄마의 꼬리

귀가한 아버지는
늘
"네 어미 어디 갔냐?"
묻으시곤

소·돼지 돌보고
강변 밭으로
엄마 찾아가신다.

기다림을
줄이러 가실까?
무거움을
덜러 가실까?

푸성귀 바구니 들고
임자 따라오고 계실
엄마의 꼬리 아버지

임자: 나이가 좀 많은 부부 사이에서 남편이 아내를 부르는 말.

농부인 아버지

둑새풀 논둑에 앉아
들판을 바라보는
아버지께 여쭙는다.

"아버진 왜 살아요?"
자식 때문이길
은근 기대하는 짱아

담배 연기 속
느린 침묵 후 아버진
"곡식 크는 재미로 산다."

납작코 된 짱아가
토끼풀 꽃시계 지어
아버지 팔에 채운다.

어색함을 킁킁 견딘
동네 어른 아버지가
자전거 타고 가신다.

아버진 꽃시계 차고
마을에 들지 못할걸?

농로 끝 아버지가
꽃시계를 풀에 놓는다.

먼발치 빙그레 짱아
'거 봐!'

응가 푸는 아버지

헌옷 입은 아버지가
뒷간 응가를 퍼서
마당 두엄에 붓는다.

고약한 냄새에
온 집안 코들이
둘 곳 없어 하는데

철모 응가바가지 든
아버지의 모습은
목탁 든 큰스님 같다.

허름한 옷차림
거친 일 속에서도
의연한 아버지의 기품

짱아는 아버지가
자랑스럽다.

춤추고 노래하고

여름밤이면
좀 쑤시는 애들은
운동장으로 모인다.

은하수 별들은
뽐냄을 깨우는지
애들을 우쭐게 한다.

단상에 폴짝 올라
건들건들 온몸으로
유행가 춤을 춘다.

깜깜한 밤은
수줍음을 재우는지
애들을 춤추게 한다.

가끔 장소가 개통 전
호남 고속국도로
후다닥 바뀐다.

드넓은 고속국도에
벌러덩 누워
껄렁하게 노래한다.

좀이 쑤시다: 마음이 들뜨거나 초조하여 가만히 있지 못하다.

텔레비전

다 함께 시작
"타잔만 보여주세요."
다시 시작
"수사반장만 보여주세요."

텔레비전이 보고픈 애들이
부잣집 대문 앞에서
바람을 합창하지만

대문은 잘 안 열린다.

늘 열려 있는 집
육 남매 짱아 집에
텔레비전이 생긴 후
그 합창은 그쳤다.

레슬링 하는 날이면
안방·마루·평상에
가득 찬 사람들

김일 선수 박치기에
"대한민국 만세!"

이런 날이면 메리는
짖기를 포기하고
흥분한 짱아는
잠자길 포기한다.

퀴즈 대회

학교 강당 단상에
긴장한 열세 얼굴
반대표들이 앉았다.

누를 벨이 없으니
그냥 손들면 된다.

김량 선생님을 위해
4반 대표 짱아가
열심히 손을 든다.

최종 결과 3등
순위권에 들어
시상식에 섰다.

날마다 천지로
솟았다 꺼졌다
나다니며 노는 짱아

참 잘했어요!

텔레비전 시청

권투 보는 엄마

두 주먹 불끈 쥐고
허공에 훅 날리며
앉아서 전진한다.

문턱에서 화면까지
얼쑤! 얼쑤!
당신도 모르게 갔다.

아침상 받는 아버지

텔레비전 무용수들이
다리 번쩍 가슴 출렁
에어로빅한다.

코 벌렁 아버지가
낮게 혼잣말한다.

뭐라 하셨지?
'네 이놈들,
어른 진지 잡수신다.'

생각해낸 짱아가
마루로 굴러나가
데굴데굴 웃는다.

훅: 권투에서, 팔을 구부린 채 허리의 회전을 이용하여 상대방에게 가하는 타격.

도망

황룡강 둑길 따라
도망가는 지오빠

그만 돌아오라
쫓아가는 엄마

끝없는 둑길에는
도살장이 있고
구렁이가 사는데
오빠 그 길로 내뺀다.

지친 엄마가 멈추자
쌕쌕 멈추는 오빠
엄마가 돌아서자
슬슬 뒤따르는 오빠

그럴 거면서
도망은 왜 가냐고?
약한 엄마 힘들게

앵두나무 처녀

낮일이 고되었던
여름밤이면

엄마는 마루에 누워
'앵두나무 처녀'를
던지듯 노래하신다.

앵두나무 처녀가
봇짐 싼 대목에선
아예 껄렁하시다.

엄마도 때론
호밋자루 버리고
서울 가고 싶으실까?

그럴 리 없어.
툇마루 두드리며
장단 맞추는 걸 보면
그냥 신이 나신 거야.

쑥부쟁이 보라 꽃

친구와 장난치다
학교 계단에서
발목을 접질렸다.

통통 부은 발목
눈치 못 챈 아버지

이삭줍기하라신다.

대바구니 든 짱아
논둑에 올라서며
통증에 받쳐 운다.

몰라주는 아버지
농삿집을 벗고프다.

한 논배미 벼이삭을
찬찬히 줍고
허리 펴는 짱아

쑥부쟁이 보라 꽃이
해름 빛을 모아
환히 반긴다.

"우아, 예쁘다!"

공짜 무

강변 고속도로에
무 트럭이 넘어져
산더미 무를
다 주워 가란다.

놀던 애들이 몰려가
개미처럼 왔다 갔다
집으로 물어 나른다.

소식 들은 어른들이
지게 지고 달려 나와
사정없이 져 나른다.

짱아는 대체 어디?

무 댓 개 주워서
발치에 나란히 놓고
투레질 투루루
엄마를 기다린다.

뒤늦게 나온 엄마가
그런 짱아 모습에
"욕심 없긴."
언짢아하신다.

투루루: 젖먹이가 두 입술을 떨며 투레질하는 소리를 나타내는 말.

목화 이야기

강변 밭
하얀 목화송이가
짱아에게 묻는다.

아느냐고
병약한 엄마가
목화 심은 까닭을

짱아가 도리질한다.

엄만 떠날 준비 중이셔
해서 먼 미래 신부인
짱아의 혼수를 위해
우릴 심으셨지.

우릴 보송보송 틀어
시렁 위에 올려놓고
절대 짱아 몫이라
말하지 않으실 거야.
그럼 슬퍼지니까.

짱아가 울먹인다.
난 너희들보다
"엄마가 필요해."

마상할배

달산마을 끝자락
오두막 사는 할배는
궂은일을 도맡는다.

죽은 사람 몸 씻기고
상여꾼의 요령잡이
이장 땐 뼈를 고른다.

누구네 뒷간을 푸던
머리에 두른 수건은
구슬땀에 젖어있고

마른 몸의 할배는
저승을 다녀온 듯
언제나 말이 없다.

늘 겸손한 할배는
죽은 이들의 감사로
만수무강하리라.

요령잡이: 장사를 지내기 위하여 상여가 나갈 때에 요령을 들고 가는 사람.
이장: 한 번 장사 지낸 사람의 무덤을 다른 곳으로 옮겨 다시 장사를 지냄.

꽃상여

아롱아롱 꽃상여가
마을길로 나선다.

마지막을 나누려
늘어선 사람들

앞선 요령잡이 할배가
상여가 앞소릴 메긴다.
“이제 가면 언제 오나.”

땡강땡강 땡강

“오호오 오호오.”
상여 멘 상여꾼들이
구슬픔을 늘려 받는다.

눈시울 붉어진
비켜선 사람들

죽은 이의 막내딸이
동구에서 떼를 쓴다.
무덤까지 가고프다고

먼 길이라 못 간단다.
붙들린 막내 따라
모두 목 놓아 운다.

꽃상여가 아롱아롱
마을길을 떠나간다.

상두가: 상여가 나갈 때 저승길을 가는 혼령을 달래느라 상여꾼들이 부르는 소리.

절름발이 총각

윗동네 종이공장
절름발이 총각은
손발이 불편하다.

총각이 지날 때면
애들이 따라붙고
개들이 짖는다.

손 굽고 절룩대는
총각을 흉내 내며
"엥꼬, 엥꼬!"
쫓아가는 악동들

사슴 눈 총각은
소란함조차 미안한지
서둘러 껑충껑충
마을길을 빠져간다.

엥꼬: 일본어로 '고장남'의 뜻.

준수오빠

고향 준수오빠는
부모님이 보고프면
짱아네 집에 온다.

의사인 부모님을
한꺼번에 여윈
오빠는 누나랑
보육원에 산다.

그런 오빠에게
무뚝뚝하게 구는
친구인 돼지오빠

지켜보는 짱아 맘이
꽉 옥죄어 든다.
'좀 그러지 말지.'

부모님 맘도 그러하다.

속 깊은 준수오빠는
그 맘들을 알기에
서운해하지 않는다.

중앙 대 월평

친선 체육대회 날

숙적 중앙과 월평
응원전부터 치열하다.

“월평월평 거지 떼들이
깡통을 옆에 차고~”
핏대 세워 약 올리면

“중앙중앙 거지 떼들이~”
가사 바꿔 할퀸다.

기 싸움에 종일토록
변소 가기 겁나고
목이 컬컬 쉬어간다.

올해도 두 학교는
부글부글 넘쳐
한 치 더 멀어졌다.

숙적: 오래전부터의 적수 또는 원수.

영웅 금미

달리기 선수 금미는
4반의 우상이요
학교의 자랑이다.

학교 대항 릴레이
마지막 주자 금미

바람을 가르는 경주마
앞선 주자들을
한 명씩 제쳐간다.

벅찬 환호로
흔들리는 운동장

역전의 기쁨
통쾌함을 선물하는
우리들의 영웅 금미

길갓집 아기

울도 마루도 없는
큰길가 오두막집

몽실몽실한 아기가
큰 눈을 끔벅이며
방문 열고 앉아있다.

'아, 저 아기 갖고 싶다!'

오두막을 지날 때마다
더더 간절해지는 짱아

아기가 안 보이는 날엔
방문을 벌컥 열고 싶다.

울: 울타리.

아버지의 작품

아버지의 삼태기는
고르고 여물다.

두엄더미에 놓여도
도인처럼 위엄 있다.

아버지의 바지게는
매끄럽고 아름답다.

밭둑에 세워 두면
선 고운 풍경이 된다.

임과 함께

달 밝은 추석날
노래자랑 콩쿠르에
온 군민이 모였다.

콩쿠르에 짱아를
접수시킨 별언니가
짱아를 꼬드긴다.

안 나가겠다고
시작점을 모른다고
길길이 뛰던 짱아가

“꼬마 아가씨입니다.
빨리 나와 주세요!”
부름에 단박 맘 접고
무대로 뛰어간다.

군민들 호기심이
덜 익은 앵두소녀
짱아에게 쏠린다.

마이크 잡고 선 짱아
기타 삼촌이 띠리리
다가와 ‘시작!’ 한다.

군민들 가려운 몸이
짱아의 일인 코러스
'으뚜뚜르 뚜르'에
다 나동그라진다.

"한 백 년 살고 싶어~"
넉살스러운 열창에
와! 폭발하는 대군중

꼬마 아가씬 인기상이다.

|작품후기|

저는 아이들이 좋습니다.
너무 좋습니다.
그들과 함께 있노라면
절로 장난기가 솟습니다.

25년 동안 학생들과 함께하며
그들의 공부를 돕고
그들의 일상을 들으며
제 유년의 추억을 들려주었습니다.

정 많은 여린 녀석들은
졸업할 무렵이 다가오면
그렁그렁 이별을 아쉬워합니다.

해서 학생들에게 약속했습니다.
짱아의 일상을 글로 묶어
그들에게 선물하겠다고

녀석들은 기뻐하며
이별의 아쉬움을
단박 슝 던져버렸습니다.

이런 연유로 동화시집
『부끄럼쟁이 짱아』가 태어났습니다.
240편의 동시로 그린 것은
그들에게 '풍경'을 선물하고 싶었습니다.

동화시를 쓰는 내내 행복했습니다.
장독 뒤에 숨은
친구의 옷자락이 보일 때처럼
간지럽고 기뻤습니다.

그 행복을 나누려 합니다.
고맙습니다.

2016년 08월
진정아 올림

다 읽으셨으면 저를 이웃 할무니, 할배께
선물로 주세요. 기뻐하실 거예요.

-짱아올림-